Goosebumps®

Goosebumps®

Goosebumps®

雞皮疙瘩 20

鄰屋幽靈
The Ghost Next Door

R.L. 史坦恩（R.L.STINE）◎著

派特◎譯

致台灣讀者

讀者們，請小心……

我是R・L・史坦恩，歡迎到「雞皮疙瘩」的可怕世界裡來。

你是否曾在深夜裡聽到過奇怪的嚎叫？你是否曾在黑暗中聽到腳步聲——卻根本看不到人？你是否見過神祕可怖的陰影，幽幽暗處有眼睛在窺視著你，或者身後有聲音叫你的名字？

如果是這樣，你應該了解那種奇特的發麻的感覺——那種給你一身雞皮疙瘩、被嚇呆的感覺。

在這些書裡，幽靈在閣樓上竊竊低語；膽顫心驚的孩子忽而隱形；稻草人活了，在田野裡走來走去；木偶和布娃娃也有生命，到處嚇人。

當然，這些都是磨礪心志的好玩的嚇人事。我希望你們感到害怕，同時也希望你們大笑。這都是想像出來的故事。當然，最可怕的地方在你們自己心裡。

過個害怕的一天吧！

RL Stine

出版緣起

人生從奇幻冒險開始

何飛鵬

城邦媒體集團首席執行長

我的八到十二歲是在《三劍客》、《基度山恩仇記》、《乞丐王子》中度過的。可是現在的小孩有更新奇的玩具、電玩、漫畫，以及迪士尼樂園等。

八到十二歲，正是孩子從字數極少、以圖畫爲主的繪本閱讀，跨越到漸漸以文字閱讀爲主的時期。也正是訓練孩子從圖像式思考，轉變成文字思考的重要階段。在這個階段，養成長期的文字閱讀習慣，能培養孩子敘事、分析、推理的邏輯思辨能力，奠定良好的寫作實力與數理學力基礎。

然而，現在的父母擔心，大環境造成了習於圖像、不擅思考、討厭文字的一代。什麼力量能讓孩子重回閱讀的懷抱呢？

全球銷售三億五千萬冊的「雞皮疙瘩」，正是爲了滿足此一年齡層的孩子的需求而誕生的！

無論是校園怪奇傳說、墓地探險、鬼屋驚魂，或是與木乃伊、外星人、幽靈、吸血鬼、殭屍、怪物、精靈、傀儡相遇過招，這些孩子們的腦袋裡經常出現的角色或想像，經由作者的生花妙筆，營造出一個個讓孩子們縱橫馳騁的魔幻時空、光怪陸離的神奇異界，經歷各種危急險難，最終卻又能安全地化險爲夷。這樣的冒險犯難，無論男孩女孩，無不拍案稱奇、心怡神醉！

本系列作品被譯爲三十二種語言版本，並在全球數十個國家出版，創下了出版史上多項的輝煌紀錄，廣受世界各地孩子的喜愛。作者史坦恩表示，這套作品之所以成功，是因爲多年的兒童雜誌編輯工作，讓他對兒童心理和兒童閱讀需求有了深刻理解——他知道什麼能逗兒童發笑，什麼能使他們戰慄。

我們誠摯地希望臺灣的孩子也能和世界上其他的孩子一樣，有更豐富多元的閱讀選擇。更希望藉由這套融合驚險恐怖與滑稽幽默於一爐，情節緊湊又緊張的「雞皮疙瘩系列叢書」，重拾八到十二歲孩子的閱讀興趣，從而建立他們的閱讀習慣，擁有一個快樂學習的童年。

現在，我們一起繫好安全帶，放膽體驗前所未有的驚異奇航吧！

專文推薦

戰慄娛人的鬼故事

國立臺北教育大學語文與創作系兒童文學教授
廖卓成

這套書很適合愛看鬼故事的讀者。

文學的趣味不止一端，莞爾會心是趣味，熱鬧誇張是趣味，刺激驚悚也是趣味。有人擔心鬼故事助長迷信，其實古典小說中，也有志怪小說一類，《聊齋誌異》就有不少鬼故事。何況，這套書的作者開宗明義的說：「這都是想像出來的故事」，不必當眞。

既然恐怖電影可以看，看鬼故事似乎也無妨；考試的書讀久了，偶爾調劑一下，對頭腦卻是有益。當然，如果看鬼片會連續失眠，妨害日常生活，那就不宜勉強了。

雋永的文學作品，應該有深刻的內涵；但不少兒童文學作品說教有餘，趣味不足。只要有趣味，而且不是害人爲樂的惡趣，就是好的作品。鮑姆（Baum）在《綠野仙蹤》的序言裡，挑明了他寫書就是爲了娛樂讀者。

倒是內行的讀者，不妨考校一下自己的功力，留意這套書的敘事技巧，由主角「我」來講故事，有甚麼效果？書中衝突的設計與化解，是否意想不到又合情合理？能不能有不同的設計？會不會更好？這是另一種引人入勝之處。

導讀

結局只是另一場驚嚇的開始

耿一偉
臺北藝術節藝術總監
臺北藝術大學戲劇系兼任助理教授

不知道大家還記不記得，小時候玩遊戲，比如捉迷藏等，都會有一個人要當鬼。鬼在這個遊戲中很重要，沒有鬼來捉人，遊戲就不好玩。這些遊戲的關鍵特色，不是人要去消滅鬼，而是要去享受人被鬼追的刺激樂趣。所以當鬼捉到人後，不是遊戲就結束，而是下一個人要去當鬼。於是，當鬼反而是件苦差事，因爲捉人沒有樂趣，恨不得趕快找人來替代。所以遊戲不能沒有鬼，不然這個遊戲就不好玩了。

在史坦恩的「雞皮疙瘩系列」中，這些鬼所扮演的角色也是類似遊戲中的鬼，給我帶來閱讀與想像的刺激。各位讀者如果留意一下，會發現在他的小說中，都有一個類似的現象，就是結局往往不是一個對抗式的終局，一種善惡誓不兩立，以消滅魔鬼爲最終目標的故事——這比較是屬於成人恐怖片的模式，不是你死，就是人類全部變殭屍。但「雞皮疙瘩系列」中，你的雞皮疙瘩起來了，可是結尾的時候，鬼並不是死了，而是類似遊戲一樣，這些鬼換了另一種角色，而且有下一場遊戲又要繼續開始的感覺。

礙於閱讀的樂趣，我無法在此對故事結局說太多，但各位看完小說時，可以再回想我在這裡說的，就知道，「雞皮疙瘩系列」跟遊戲之間，的確有類似性。換另一個角度來看，這些主角大多為青少年，他們在生活中碰到的問題，如搬家面對新環境、男生女生的尷尬期、霸凌、友誼等，都在故事過程一一碰觸。

「雞皮疙瘩系列」令人愛不釋手的原因，也在於表面上好像主角是鬼，但讀到一半，你會感覺到，故事的重點不知不覺地從這些鬼怪轉移到那些被追的青少年身上，鬼可不可怕不是重點，重點是被追的過程中，一些青少年生活中的苦悶，也被突顯放大，甚至在故事中被解決了。所以你會在某種程度感受到，這本書的內容是在講你，在講你的生活，在講你的世界，鬼的出現，只是把這些青春期的事件給激化了。

另一個有趣的現象，是從日常生活轉入魔幻世界的關鍵點，往往發生在父母不在身邊，然後主角闖入不熟識空間的時候——比如《魔血》是主角暫住到姑婆家、《吸血鬼的鬼氣》是闖入地下室的祕道、《我的新家是鬼屋》是新家的詭異房間……等等。

因爲誤闖這些空間，奇怪的靈異事件開始打斷平凡無趣的日常軌道，一段冒險展開了，一場你追我跑的遊戲開始進行，而父母們往往對此毫無所悉，不知道自己的兒女在故事結束時，已經有所變化，變得更負責任，更勇敢。

「雞皮疙瘩系列」的意義，也在這個地方。在平凡無奇充滿壓力的青春期校園生活中，有那麼多不快樂、有那麼多鬼怪現象在生活中困擾著我們，但這無法跟家長說，因爲他們不能理解，他們看不到我們看到的。但透過閱讀，透過想像力所引發的鬼捉人遊戲，這些不滿被發洩，這些被學校所壓抑的精力被釋放了。

幸好有這些鬼怪的陪伴，日子不再那麼無聊，世界可以靠自己的力量改變。

終究，在青少年的世界裡，鬼怪並不是那麼可怕，在史坦恩的小說中，也往往會有主角最後拯救了這些鬼怪的情形，彷彿他們不是惡鬼，而比較像誤闖人類世界的外星人……這也是青少年的焦慮，他們正準備降臨成人世界，這件事讓他們起了雞皮疙瘩！！

這句英文怎麼說

就連鏡子也著火了。
Even the mirror was on fire.

1.

漢娜不太確定自己究竟是被細碎的聲響、還是閃亮的黃色火光所吵醒。

她直挺挺的坐在床上，雙眼圓睜且驚恐的瞪視著將她團團包圍住的火焰。

熊熊烈焰吞噬著她的衣櫥，著火的壁紙先是捲了起來，然後融化成灰燼；壁櫥的門早已被烈火燃燒殆盡，火舌更沿著一層層的架子竄燒上去。

就連鏡子也著火了，漢娜從鏡子看見閃動的火牆後面自己暗沉的面容。

很快的，整個房間陷入一片火海，漢娜開始被濃煙所嗆傷，就算想要尖叫也已經太遲了。

可是，她還是叫了出來——

呼！幸好只是一場夢。

漢娜自床上坐了起來，一顆心怦怦直跳，並覺得口乾舌燥。

眼前沒有跳躍閃動的黃橙色火焰，也沒有嗆人的濃煙。這一切都只是夢，一場恐怖的夢。

如此眞實，卻是一場夢……

「哇！好可怕哦！」漢娜喃喃自語著躺回床上，靜靜等待猛烈的心跳緩和下來，灰藍色眼睛凝視著冷白的天花板。

她的腦海裡仍深深烙印著焦黑的天花板、捲曲的壁紙、火焰在鏡子前面跳動的駭人景象。

「至少這個夢還不算無聊。」她自我安慰道。接著踢開涼被，看了一眼桌上的鐘，才八點十五分。

咦？怎麼才八點十五分？

她心裡納悶著。

我怎麼覺得自己好像睡了很久的樣子，今天到底是星期幾？

這句英文怎麼說

幸好只是一場夢。
How nice to find out it was only a dream.

暑假總是很容易讓人失去時間感，日子就這麼一天一天過下去。

漢娜這個暑假過得相當寂寞，她大部分的朋友不是全家人一起去度假，就是露營去了。

對一個十二歲的小女孩來說，綠林瀑布這樣的小鎮實在不怎麼有趣。她看了許多書與電視節目，又騎著腳踏車到鎮上閒晃，看看能否找到可以一起打發時間的朋友。

真是無聊透了！

然而今天，漢娜帶著微笑從床上爬起來。

她還活著！

她的家沒有被熊熊火焰吞噬，自己也沒有被圍困在火場中。

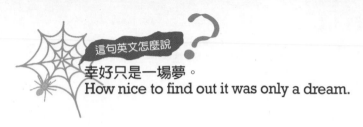

漢娜穿上螢光綠的短褲，搭配一件亮橘色的無袖上衣。爸媽老是取笑她對顏色的品味，而她也總是回他們：「饒了我吧！就算我喜歡鮮豔的顏色又怎樣？」

鮮豔的顏色！就像圍繞在她床畔的赤色烈焰……

「嘿，惡夢滾開！」漢娜一邊喃喃說著，一邊拿了把梳子梳了梳金色短髮，然後下樓到廚房去，聞到爐子上正煎著荷包蛋和培根的香味。

漢娜高興的喊道：「大家早！」甚至很高興看到比爾和賀比——她的兩個六歲的雙胞胎弟弟。

他們兩個眞是討厭鬼，簡直就是綠林瀑布最吵鬧的麻煩人物。現在兩人正在早餐桌上丟著藍色橡皮球玩。

「你們到底要我講多少次不能在屋子裡玩球？」費太太從爐子那裡轉身過來罵他們。

比爾立刻接話：「一百萬次。」

賀比聽了馬上大笑。他覺得比爾很搞笑，兩人都覺得自己是開心果。

漢娜站在她媽媽身後，從腰部緊緊抱住她。

「漢娜！別這樣！妳害我差點被鍋子燙到。」媽媽大叫著。

兩個雙胞胎一聽，隨即模仿媽媽的口氣：「漢娜，不要！不要！」

這時候橡皮球從賀比的盤子彈到牆上，接著又反彈到爐子上，差點掉到鍋子裡。

這句英文怎麼說

我今天心情很好！
I'm in a mood today.

漢娜嘲笑他：「好球，眞猛！」

兩個雙胞胎兄弟又尖聲大笑。

費太太則兇巴巴的轉過頭來說：「如果球掉到鍋子裡面，你們要負責把它和蛋一起吃掉！」她一面威脅道，一面揮舞著手上的叉子。

不料這對兄弟因此笑得更大聲。

漢娜微笑的說：「他們兩個今天發神經啦！」她微笑時一邊的臉頰上還有個酒窩。

「他們有正常過嗎？」她媽媽一邊說，一邊將球丟到門口。

漢娜看著窗外晴朗的藍天說：「反正我今天心情很好！」

她媽媽則滿臉狐疑的看著她問：「爲什麼？」

漢娜聳聳肩說：「我就是覺得高興嘛！」她不想告訴媽媽那個惡夢，也不想說她能活著眞是一件好事。

「爸呢？」

費太太回答：「他今天很早就出門工作了，」然後回頭繼續煎她的培根，「不

是每個人都有暑假可放。妳今天想做什麼？」

漢娜打開冰箱，拿了柳橙汁，說：「跟平常一樣吧！我想妳也知道——就是混囉！」

「很抱歉讓妳的暑假過得這麼無聊，」她媽媽邊嘆氣邊說，「我們實在沒錢送妳去露營，也許明年……」

漢娜卻輕鬆愉快的說：「媽，沒關係啦！其實我這個暑假過得還不錯，眞的。」接著轉頭問雙胞胎兄弟：「昨天晚上那個鬼故事怎麼樣？」

「不恐怖。」賀比很快的回答。

「一點也不恐怖，妳的鬼故事好冷。」比爾接著說。

「可是昨晚你們明明看起來很害怕的樣子。」漢娜堅持道。

賀比馬上又說：「我們是裝的啦！」

漢娜拿著柳橙汁問他們：「要嗎？」

賀比問：「這是有果肉的嗎？」

漢娜假裝看著包裝說：「有，上面寫百分之百果肉。」

這句英文怎麼說？

這是有果肉的嗎？
Does it have pulp in it?

賀比卻大聲說：「我討厭果肉！」

「我也不喜歡！」比爾扮鬼臉附和道。

這已經不是他們第一次在早餐桌上討論果汁的果肉了。

比爾問媽媽：「妳就不能買沒有果肉的柳橙汁嗎？」

賀比則問漢娜：「妳可以幫我們過濾嗎？」

比爾又問：「我可以改喝蘋果汁嗎？」

而賀比最後決定：「我不要喝果汁，要喝牛奶。」

平常這樣的對話總會讓漢娜抓狂，可是今天她一點也不生氣，反而高興的說：「一杯蘋果汁和一杯牛奶馬上就來。」

她媽媽也加入討論：「妳今天心情眞的很好哦！」

比爾接過漢娜遞給他的蘋果汁，不料卻立刻打翻……

吃完早餐以後，漢娜幫媽媽打掃廚房。費太太一邊看著窗外，一邊說：「天氣眞好，天空沒有一朵雲，今天氣溫一定會飆到四十度。」

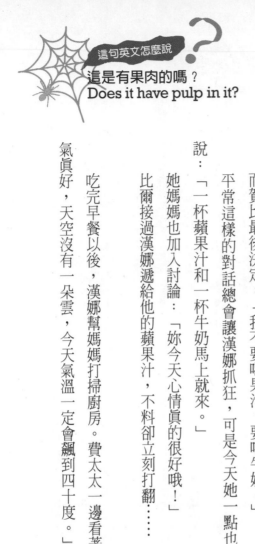

漢娜不禁笑了笑。她媽媽總是喜歡預報氣象，漢娜跟媽媽說：「趁太陽還沒太大以前，我出去騎趟腳踏車。」

她走出後門，做了個深呼吸，溫暖的空氣聞起來既甜美又清新，還看見兩隻紅黃相間的蝴蝶在花園裡翩翩飛舞。

她走了幾步路，穿過草地前往車庫時，聽到附近有電動除草機的嗡嗡聲。

漢娜抬頭凝視晴朗的天空，陽光灑在臉上的感覺讓人覺得好溫暖。

突然間，有人大聲喊道：「喂！小心！」

漢娜只覺背後猛然一陣劇痛，倒抽一口氣便倒在地上。

這句英文怎麼說

我沒看到你。
I didn't see you.

2.

漢娜重重的摔倒在地，手肘和膝蓋都被撞到。她迅速轉頭看看是誰撞到她。

只見一個騎在腳踏車上的小男孩大叫道：「對不起！」然後迅速把腳踏車丟在草地上，跳下來說：「我沒看到妳。」

漢娜心想：我穿著螢光綠和橘色的衣服耶！你是眼睛脫窗嗎？

她從地上爬起來，揉了揉沾上草痕的膝蓋，不禁「喔」了一聲。

漢娜一邊喊痛，一邊皺眉瞪著男孩。

男孩平靜的說：「我有試著停車……」

漢娜瞧著眼前這個男孩——他留著一頭紅得幾乎像萬聖節紅糖果般的頭髮，還有棕色眼睛，臉上長滿了雀斑。

「你爲什麼在我家後院騎車？」漢娜質問他。

「妳家後院？」他瞇起眼睛看著她，「這裡什麼時候變成妳家後院了？」

「從我出生開始就是了！」漢娜大聲的回道。

他從漢娜的頭髮上拿下一片葉子，手一邊指，一邊問道：「妳住在那棟房子嗎？」

漢娜點點頭，然後一邊問男孩住在哪裡，一邊檢視自己的手肘。幸好只是弄髒了，並沒有瘀血。

男孩轉頭朝向隔了一條車道的紅木平房說：「隔壁。」

「什麼？」漢娜很訝異的說，「不會吧！」

「爲什麼不會？」

「那是間空屋，自從道森家搬走以後就一直空著了！」

男孩回道：「現在不是空屋了，我跟我媽媽住在那裡。」

這怎麼可能？

漢娜感到納悶極了。

怎麼可能有人搬到隔壁我竟然還不曉得？

她仔細端詳著男孩，心想：我昨天還在這裡跟那兩個雙胞胎玩呢！而且十分確定昨天那間房子還是暗暗、沒人住的樣子。

她接著問道：「你叫什麼名字？」

「阿丹，安丹尼。」

於是她也報上自己的名字。「我想我們是鄰居吧！我今年十二歲，你呢？」

「我也是。」他彎下腰檢查自己的腳踏車，然後將一塊黏在腳踏車後車輪上面的草皮拿了起來，疑惑的問她：「我以前怎麼從來沒看過妳？」

她也回了一句：「那我怎麼也從來都沒看過你？」

他聳聳肩，害羞的微笑著，眼睛都瞇成一條線了。

漢娜問他：「所以……你剛搬來嗎？」她滿心好奇的想弄清楚這個謎團。

他「嗯」了一聲，專心的看著自己的腳踏車。

漢娜又問他：「不是嗎？你搬來這裡多久了？」

「有一陣子了。」

不可能！

漢娜心裡想著：不可能他搬到隔壁了，我卻連聽都沒聽說過！

她還來不及反應，就被比爾的尖叫聲打斷：「漢娜！漢娜！賀比搶走我的電視遊樂器！」他靠著打開的紗門，一邊喊道。

漢娜大聲吼了回去：「媽呢？她會幫你要回來啦！」

「好啦！」比爾轉身去找費太太，紗門碰的一聲關上。

漢娜回頭想繼續跟阿丹講話時，他卻像蒸發掉似的消失不見了。

這句英文怎麼說

我無聊得要命。
I'm so bored.

3.

郵件通常在中午以前會送到，漢娜急急忙忙的跑到車道盡頭，打開信箱，卻沒有她的信。

連一封信也沒有。

失望之餘，她跑回房間，寫了一封信臭罵她最要好的朋友珍妮·佩斯。

親愛的珍妮：

我希望妳去露營一切愉快，可是不要太好，因爲妳不守信用，妳說妳每天都會寫信給我，結果到目前爲止，我連一張沒誠意的明信片都沒收到。

我無聊得要命，不知道要做什麼。妳一定無法想像大夥兒都不在的時候，綠

林瀑布有多麼的無聊，簡直就像死掉了一般！

我平常就看看電視和書。妳信不信，我已經看完所有暑假作業規定我們要看的書了！爸說要帶我們全家去米樂森林露營，眞是超期待的，可是他幾乎每個週末都加班，所以他大概也要黃牛了。

眞是無聊斃了！

昨天晚上我實在太無聊了，就把我那雙胞胎弟弟帶到外面去，在車庫後面升了一堆小營火，假裝我們出去露營，還講了很多恐怖的鬼故事。

當然他們兩個臭男生不承認，不過他們一定覺得很好玩。妳知道我最怕鬼故事的，後來我都開始看到樹後面有奇怪的東西和影子了。聽起來可能很好笑，但我想，我是自己嚇到自己了。

別笑！珍妮，妳自己也不喜歡鬼故事。

唯一的另外一則新聞就是隔壁道森家搬來了一個小男孩，他叫阿丹，跟我們一樣大。他有一頭紅髮和滿臉雀斑，我覺得他長得還滿可愛的。

我只看過他一次，也許晚些時候我會有更多關於他的消息能向妳報告。

這句英文怎麼說

你自己也不喜歡鬼故事。
You don't like ghost stories, either.

不過也該輪到妳寫信了吧？珍妮，別耍賴，妳答應過我的。妳去露營有遇到帥哥嗎？所以妳才忙得沒空寫信給我吧？

如果妳再不寫信給我，我希望妳身上會爬滿毒野葛，尤其是在妳抓不到的地方！

漢娜

漢娜將信紙摺好，放進信封。她的小書桌擺在房間的窗前，靠著書桌往外看，可以看到隔壁的房子。

她心想，不知道哪一間是阿丹的房間？漢娜盯著車道對面的窗戶往裡面瞧，但拉上的窗簾擋住了她的視線。

漢娜站起來梳了梳頭髮，然後拿著信走到前門去。

她聽到媽媽在屋子後面罵雙胞胎弟弟，但他們還咯咯的笑著。忽然間一聲巨響，他們居然笑得更大聲了。

「我要出去了！」她大喊一聲，推開紗門時卻想到他們可能沒聽見她說話。

這是個炎熱的午後，一點風也沒有，空氣濕熱。漢娜的爸爸前一天才修剪門前的草皮，她一邊走下車道，一邊聞著甜甜的草香。

她瞥了阿丹家一眼——前門緊閉，客廳的大窗子看起來空空蕩蕩、而且暗暗的，根本感覺不出像是有人住的樣子。

漢娜決定走到三條街外的鎮上郵局去寄信。

她嘆了口氣，悶悶不樂的想著：反正也沒其他事可做，走路到鎮上至少可以消磨一點時間。

人行道上鋪滿了割下來的草，顏色由青綠逐漸轉變成乾枯的咖啡色。漢娜一邊哼著歌，一邊走過奎特太太家的紅磚房。

奎特太太正彎著身子在花園裡除草。

「哈囉！奎特太太，妳好嗎？」漢娜問道，但是奎特太太沒有抬頭。

眞是個勢利眼！

漢娜生氣的想著。

這句英文怎麼說

真是個勢力眼！
What a snob!

我知道她明明有聽見我在叫她。

漢娜過了馬路，鋼琴聲從角落的房子裡傳出來，有人正在練彈一首古典樂曲，但老是彈錯同樣的地方，所以又從頭開始。

漢娜不禁在心裡暗笑道：還好他不是我的鄰居。

然後哼著歌，繼續往鎮上前進。

郵局位在小鎮廣場的對面，是一棟兩層樓的白色房子。由於沒有風，旗子好像黏在旗杆上一樣。

廣場邊有一家銀行、理髮院、小雜貨店和加油站，另外還有一些其他店面——像是哈德冰淇淋店，一家叫做「餐車」的餐廳則位在廣場後面。

有兩個女人從雜貨店裡走出來。隔著理髮院的窗戶，漢娜看到理髮師阿尼坐在椅子上看雜誌。

這畫面還眞是生動啊！她邊想邊搖了搖頭。

漢娜穿過有草皮的小廣場，把信丟進郵局前面的郵筒裡面，正要轉身回家時，忽然聽到生氣的怒罵聲。

她發現聲音從郵局後面傳來，而且是個男人正在尖叫。

然後又聽到小男孩的聲音，還有繼續罵人的聲音。

她跑到郵局旁邊，循著憤怒的聲音前進；幾乎走到了巷子裡，她才聽到痛苦的吠叫聲。

這句英文怎麼說

別拿石頭丟我的狗！

Don't throw stones at my dog!

4.

「喂！怎麼了？」漢娜邊喊邊跑過去。

郵局後面有一條窄窄的巷子，這是孩子們喜歡流連的隱蔽角落。

漢娜看到郵差契史尼先生對著一隻瘦瘦的棕色雜種狗揮拳。巷子裡還有三個男孩，其中一個是阿丹，他站在兩個不認識的男孩後面。

那隻狗兒頭低低的，而且正低聲啜泣著。一個高瘦、金髮散亂的男孩彎下腰來抱著那隻狗安慰牠，並對著契史尼先生說：「別拿石頭丟我的狗！」

另一個看起來矮胖強悍、黑髮亂翹的男孩往前一站，兩手握拳，瞪著契史尼先生。

阿丹顯得有點遲疑，而且臉色蒼白，眼睛緊張得瞇了起來。

「滾開！快閃！我警告過你！」契史尼先生吼著。

他是個瘦削紅臉的人，頭髮幾乎禿光，但尖尖的鼻子下面倒是有濃密的鬍子。即使夏天天氣這麼熱，他還是穿著緊身灰色羊毛西裝。

金髮男孩繼續堅持道：「你沒有權利打我的狗！」並抱著那隻狗。狗兒一邊用力搖著尾巴，一邊舔著小男孩的手掌。

郵差兇悍的說：「這裡是公有土地，我警告你現在馬上滾開，這不是你們這些麻煩小鬼該來的地方。」說完又朝三個男孩跨前一步。

漢娜看到阿丹往後退了幾步，看起來很害怕的樣子。另外兩個男孩則相當堅持，始終瞪視著漲紅臉的郵差，一點兒也不害怕。

漢娜發現他們比阿丹高大許多，年紀看起來也比阿丹大。

「我要跟我爸說你打魯斯提。」金髮男孩說。

契史尼先生則吼了回去：「儘管告訴你爸你們不守規矩，告訴他你粗魯又不禮貌，然後再告訴他，如果再讓我看到你們三個混蛋出現在這裡，我就要去申訴控告你們。」

這句英文怎麼說

真是個混蛋！
What a jerk!

「我們不是混蛋！」矮胖男孩生氣的大吼。

然後三個男孩轉身跑到巷子底，狗兒興奮的緊跟在他們後面，尾巴顫動個不停。契史尼先生從漢娜旁邊經過，生氣的咒罵著，並推開漢娜往郵局正門走去。

漢娜心想：眞是個混蛋，他是哪根筋不對啊？然後搖了搖頭。

綠林瀑布鎭所有的小孩都討厭契史尼先生，主要是因爲他討厭小孩，而且老是對他們大吼大叫，叫他們不要在廣場上玩、音樂不要放那麼大聲、不要講話那麼大聲、不要一天到晚一直笑……要不然就是滾出他那條寶貝巷子。

漢娜覺得，他老是一副以爲整個鎭都屬於他似的。

萬聖節的時候，漢娜和一群朋友打算用噴漆去噴契史尼家的窗戶，誰知他老早就有所防備——站在他家客廳的窗戶前面，拿著把手槍對著外面。

漢娜和朋友們見狀只好撤退，心裡感到既失望又害怕。當時漢娜也發現到，其實契史尼先生曉得大家有多麼討厭他，然而他卻一點也不在意。

現在巷子安靜下來了，漢娜回頭走到廣場上，心裡想著阿丹——他看起來很害怕，臉色那麼蒼白，好像就要在大太陽底下昏過去似的。

阿丹另外兩個朋友一點也不害怕，他們看起來很生氣、也很兇悍。不過他們也有可能只是故作勇敢，因爲契史尼先生對那個金髮男孩的狗實在是很過分。

穿越廣場後，漢娜四處張望著尋找人跡。

在亮晃晃的理髮院裡，阿尼還是坐在那張理髮椅上繼續看著雜誌。一部藍色休旅車開進加油站，一個漢娜不認識的婦人趕著在銀行休息前進去辦事。

完全找不到阿丹和他那兩個朋友。

漢娜心想自己最好趕快回家才不會錯過連續劇，於是嘆了口氣，穿過馬路，慢慢的走回家。

人行道兩邊種植許多高大的樹木，有楓樹、樺樹，還有樟樹，枝葉濃密到形成了綠色隧道。走在樹蔭下，感覺涼快許多，這是漢娜走回家時發現的。

大約走了一半的路程，一道黑影猛然自一棵樹後竄了出來。

剛開始，漢娜以爲那只是一棵粗樹幹的影子；等她的眼睛適應光線之後，那道影子也隨之變得清晰。

這句英文怎麼說

他想要嚇我嗎？
Is he trying to scare me?

漢娜倒抽一口冷氣，腳步跟著停了下來，然後死瞪著那道影子，想要將他看清楚。

他佇立在一團深藍色影子裡面，身穿黑衣服，高高瘦瘦的，整張臉都藏在陰影中。

漢娜感覺到背脊竄起一陣涼意。

她驚奇的想道：他是誰？爲什麼穿成這個樣子？

爲什麼他一動也不動的站在陰影裡瞪著我？

他想要嚇我嗎？

他慢慢的舉起一隻手，要她靠近一點。

漢娜的心臟猛烈跳動著，不由得後退一步。

她心想：那裡眞的有個人嗎？一個穿黑衣服的人？還是，我看到的是樹的影子？

她無法確定，直到聽見一陣低聲細語：「漢娜……漢娜……」

這陣聲音輕柔得彷彿樹上的樹葉。

「漢娜……漢娜……」

接著一道瘦黑的影子朝她撲過來，手臂細得像樹枝一樣，並對著她低語，輕柔得不像人聲的低語。

「不要！」漢娜驚聲尖叫。

她轉身想要逃跑，兩腳卻不聽使喚。

儘管如此，她仍強逼自己迅速逃跑。

快一點！快一點！

他正在後面跟著她嗎？

這句英文怎麼說

快一點！
Faster!

5.

漢娜迅速衝過馬路，球鞋踩踏著人行道，發出極大的聲響，而且她根本顧不得留意路上有沒有車輛。

還有一條街，他在後面緊追不捨嗎？

當她在樹下奔跑時，那團影子就變換方向或轉彎，一團團影子飄呀飄，灰色疊在黑色上面，藍色又疊在灰色上面。

「漢娜……漢娜……」這柔聲低語輕得宛若死亡一般，不斷自輕飄的影子裡呼喚著她。

他知道我的名字!?

她心裡想著，一邊用力呼吸，雙腳繼續努力往前移動。

忽然間她停了下來，轉身問道：「你是誰？你要做什麼？」漢娜氣喘吁吁的問著，可是他已經不見了。

現場除了漢娜的大聲喘息之外，頓時陷入一片寂靜。

漢娜瞪視著傍晚的影子，眼睛搜尋著附近後院的草叢和籬笆，房子之間的空隙、車庫門後面的陰影，還有一個小車庫後面斜斜的灰影，但始終沒發現那道影子的蹤跡。

他就這麼突然消失了，四周再也沒發現那個呼喚她名字的黑影了。

「呼！」漢娜大大的鬆了一口氣。

她告訴自己這一定是錯覺。

這麼費勁的搜尋草地以後，她的眼睛還有點澀呢！

不可能！

心裡又有另一個聲音告訴她——如果只是錯覺，對方怎會叫妳的名字呢？

她說服自己：漢娜，那裡什麼也沒有。

她的呼吸恢復正常，什麼也沒發生過。

妳一定是編太多鬼故事，又在自己嚇自己了。而且因爲無聊加上寂寞，才會讓妳的想像力脫軌演出。

終於，漢娜覺得好多了，於是小跑步的回到家。

在晚餐桌上，她決定不跟爸媽說那道影子的事情。她想，就算講了他們也不會相信。

不過，漢娜倒是提及搬到隔壁的那一家人。

「什麼？有人搬進去道森家的房子？」費先生驚訝的放下刀叉，方框眼鏡後的視線越過桌子，直視著漢娜。

「有一個跟我一樣大的小男孩，叫做阿丹，他有一頭紅髮和滿臉雀斑。」漢娜開始報告她獲得的情報。

費太太心不在焉的說：「那很好啊！」並要求兩個雙胞胎不要再打來打去，乖乖吃晚飯。

漢娜不確定她媽媽到底有沒有將她說的話聽進去，於是問她爸爸：「怎麼連

這句英文怎麼說？

不可能！
No way.

他們搬到隔壁我們都不曉得呢？你有看到搬家卡車之類的東西嗎？」

費先生拿起餐具，又吃起他的烤雞，含糊的回道：「嗯……」

漢娜又繼續追問：「難道你不覺得奇怪嗎？」

她的爸媽還來不及回答，賀比的椅子就往後翻了過去，頭撞到地板，隨即嚎啕大哭。

她的爸媽立刻跳起來去看賀比，比爾卻大聲尖叫：「我沒有推他哦！真的沒有。」

費先生和費太太對漢娜的大新聞不感興趣讓她覺得很挫折。漢娜把碗盤拿進去廚房，然後踱回自己的房間。

她坐到書桌前面，將窗簾拉開，往窗外看去。

「阿丹，你在那裡嗎？」她萬分好奇的看著被窗簾遮掩住的黑暗窗子。「你現在在做什麼？」

夏日時光迅速飛逝，漢娜幾乎記不得時間是怎麼打發掉的，她多麼渴望能有

這句英文怎麼說

我沒有推他。
I didn't push him.

朋友的陪伴。

如果有個朋友在身邊就好了。

如果能有個朋友寫信給我……

眞是個寂寞的夏天啊……

她找過阿丹，可是他好像老是不在。直到有一天傍晚，漢娜終於在後院看到他，她急忙而熱情的跑過去跟他說聲：「嗨！」

阿丹正在後院拋網球——丟出去、然後接住。每次球打到紅木牆，就會發出扎實的「碰碰」聲。

漢娜又叫了一聲：「嗨！」然後跑著穿過草皮。

阿丹嚇了一跳，轉過身來，「喔，嗨！妳好。」然後又轉回去玩他的球。

阿丹穿著一件藍色T恤，配上寬鬆的黑黃相間短褲。

漢娜走到他背後。

碰！球打到水溝蓋上的牆面，又彈回來。

「我最近都沒看到你。」漢娜有點彆扭的說。

「呃……」阿丹簡短應了一聲。

碰！

「我在郵局後面看過你。」她脫口而出。

「啊？」他把球抓在手裡，沒有丟出去。

「就是幾天前，我看到你在巷子裡，還有另外兩個人。契史尼先生真是個討厭鬼，對不對？」漢娜說道。

阿丹竊竊的笑說：「他大聲吼的時候，整個頭都變成紅色的，簡直像顆番茄。」

「是一顆爛番茄。」漢娜補充道。

阿丹接著問：「他到底是怎麼回事？我跟我朋友什麼也沒做，只是在那兒晃而已。」說著又丟起球來了。

漢娜回答：「他覺得他很了不起，一天到晚嚷嚷自己是『聯邦政府』的雇員。」

「是喔！」

這句英文怎麼說

只是在那兒晃而已。
Just hanging out.

漢娜又問：「你暑假都在做什麼？跟我一樣四處鬼混嗎？」

「差不多。」

又一聲「碰」，這回他漏接，跑到車庫那裡去撿球了。

阿丹往房子方向走回去時，偷偷看著她，好像第一次見面一樣。

漢娜忽然感到一絲絲彆扭，因爲她穿著上面有葡萄果凍痕跡的黃色上衣，以及最破爛的藍色短褲。

他告訴她：「那兩個傢伙——阿倫和佛瑞是我最常膩在一起的朋友，也是學校的同學。」

碰！

他怎麼可能有學校同學？

漢娜覺得十分好奇。

他不是才剛搬來嗎？

於是她問道：「你念什麼學校？」並在阿丹退後接球的時候閃了一下。

「楓樹大道中學。」

碰！

「哈！我也念那裡呢！」漢娜興奮的說著。可是心裡又想：那我怎麼從沒見過他？

「你認識米阿倫嗎？」阿丹轉身問她，一隻手還抬起來遮擋傍晚的陽光。

漢娜搖搖頭說：「不認識。」

「狄佛瑞？」他又問。

「也不認識。你念幾年級？」她問。

「我今年要升八年級。」說完又轉回去玩球。

碰！

「我也是耶！」漢娜興奮的問：「那你認識珍妮．佩斯嗎？」

「不認識。」

「那麼……古約許呢？」漢娜問。

阿丹搖搖頭說：「不認識。」

「奇怪……」漢娜說，腦袋搖個不停。

這句英文怎麼說

我應該在學校見過他才對。
I would have seen him at school.

阿丹這回丟得太用力，球飛到灰色斜屋頂上面去了。他們看著球飛上去，又滾到排水溝裡面。

阿丹嘆了口氣，瞪著排水溝做個鬼臉。

漢娜問他：「怎麼可能我們念同年級，可是完全沒有共同認識的朋友呢？」

他轉向她，抓了抓紅頭髮說道：「我不知道。」

「眞奇怪！」漢娜再次說道。

阿丹走進房子的藍色陰影中，漢娜注視著他，感覺他彷彿消失在寬大的正方形陰影裡似的。

她心想這太不可思議了！

我應該在學校見過他才對，如果我們念同年級，不可能沒見過他呀！莫非他在騙人？這些都是他自己編的故事？

阿丹已經完全消失在陰影裡面，漢娜更專注的看著，等候眼睛適應較弱的光線。

她問自己：他到哪兒去了？怎麼老是像鬼一樣的消失無蹤。

鬼!?

這個字一直在她的腦海裡浮現。

當阿丹再次出現的時候，他從屋子後牆拿了一座鋁梯過來。

漢娜靠近一點問他：「你要做什麼？」

「拿回我的球呀！」然後開始往上爬，他的白色耐吉球鞋踩在窄窄的鋁梯上。

漢娜更靠近一點說：「別爬到那上面去。」而且忽然感到有一股寒意。

「啊？」他回頭問，人卻已經爬到樓梯的一半，頭部幾乎跟排水溝一樣高了。

「阿丹，下來吧！」漢娜感到一股恐懼包圍住她，胃部有種沉重的感覺。

「我很會爬，而且什麼都爬，我媽說我應該去馬戲團之類的地方表演。」他一邊爬，一邊說。

漢娜還來不及再說什麼，阿丹就已經爬到屋頂上；他雙腿張開，手臂伸向天空說：「妳看！」

漢娜無法擺脫那股害怕和恐怖的感覺，再次出聲喊道：「阿丹，拜託！」

但是阿丹不理會她的叫喊，彎腰去撿排水溝裡面的網球。

這句英文怎麼說

拿回我的球！
Get my ball.

漢娜屏氣凝神的看著。

剎那間，他忽然失去平衡，雙眼露出驚恐、害怕的神色。他的球鞋在屋瓦上打滑，雙手努力的想要抓住什麼東西。

漢娜則嚇得不敢呼吸，只能無助的看著阿丹頭下腳上從屋頂上掉下來。

6.

漢娜大聲尖叫且閉上眼睛，心想自己得幫幫他才好。

她的心跳得很快，強逼自己張開眼睛，看看阿丹究竟掉到哪兒去了。接著她很驚訝的發現，阿丹居然好端端的站在她眼前，臉上還露出一抹惡作劇的笑容。

「嗯？」漢娜帶著驚喜問道：「你……你還好嗎？」

阿丹點點頭，露齒而笑。

漢娜不禁盯著他看，心裡想著：他沒有發出任何聲音，落地的時候一點聲音也沒有……

她抓住他的肩膀再問道：「你沒事吧？」

「我很好。」阿丹靜靜的說，「而且我叫大膽阿丹，我媽都這樣說。」

這句英文怎麼說

你為什麼要這樣做？
Why did you do that?

他將網球放在兩手之間丟來丟去的玩著。

漢娜接著大叫道：「你簡直把我嚇死了！你為什麼要這樣做？」原先的害怕轉變爲憤怒的情緒，可是阿丹卻笑了起來。

「你可能會摔死耶！」漢娜告訴他。

阿丹則靜靜的說：「不會啦！」

她皺眉瞪著他：「你老是做這些冒失的舉動嗎？嗯？從屋頂上掉下來嚇人？」

他笑得更開心了，可是什麼也沒說，便轉過身去繼續對著房子丟球。碰！

「你原本是頭下腳上，怎麼後來又變成雙腳落地呢？」她問。

阿丹咯咯的笑著，一臉狡詐的說：「我會變魔術。」

「可、可是……」

「漢娜！漢娜！」

漢娜轉身望向站在後陽臺呼喊她的媽媽，大聲回答：「什麼事？」

碰！

「我要出去一下，妳能不能回來照顧比爾和賀比？」

漢娜回頭跟阿丹說：「我得走了，拜拜！」

阿丹也回了句：「拜拜！」順帶做了個雀斑鬼臉。

碰！

漢娜一邊小跑步回家時，還聽見球打到屋子的碰碰聲。她又想到阿丹自屋頂上摔下來的情景……

怎麼可能？他怎麼可能就這麼靜悄悄的落地呢？

然後漢娜的媽媽一邊告訴她：「我只出去一個小時左右，外面天氣怎麼樣？晚上雲會變多，接著會下雨。」一邊在包包裡找車鑰匙。

漢娜翻了翻白眼，心想：天氣預報又來了！

「別讓他們拿刀子互砍，假如妳幫得上忙的話。」費太太找到鑰匙後，將包包闔上。

漢娜對她說：「那就是阿丹，隔壁新搬來的男孩，妳看到他了嗎？」

這句英文怎麼說

我得走了！
I've got to go.

「什麼？」費太太匆匆忙忙的走到門口。

漢娜又問她：「妳沒看到他嗎？」

紗門碰的一聲關上了，比爾和賀比接著出現，拉著漢娜到房間裡面，比爾大聲叫道：「我們來玩小富翁（註）！」賀比跟著說：「好耶！我們來玩！」

漢娜兩眼翻白，她最討厭「小富翁」了，簡直無聊透頂。但現在她也只能一面嘆氣說：「好吧！」一面坐在他們對面的地毯上。

比爾興奮的大叫：「耶、耶、耶！妳確定要玩？」

漢娜一副老大不願的回答：「沒錯，算我一份！」

比爾問：「那我們可以作弊嗎？」

賀比高興的擠眉弄眼說：「好耶！我們來作弊！」

吃過晚飯以後，雙胞胎待在樓上，爭吵著誰要最後去洗澡。他們倆都很討厭洗澡，所以總得吵架決定誰後洗。

漢娜幫忙清理餐桌，然後晃回去她的小窩，走到窗口時，心裡還想著阿丹。

她把窗簾拉開，額頭靠在冰涼的玻璃上面，瞪著車道對面阿丹的家看。

太陽已經落到樹後面去了，阿丹家籠罩在深沉的黑影當中，窗戶完全被窗簾和百葉窗遮掩住。

漢娜突然想到，她從來沒有眞正看見誰待在那房子裡面過，接下來又想起遇到阿丹的那個早晨——當時他在後院將她撞倒，他們講了一些話，然後他就忽然消失了。

漢娜又想到阿丹是怎麼消失在他家旁邊的陰影裡面，當時她努力的想要將他看清楚；之後又想起阿丹如何飄落到地面的情景——就像鬼一般悄無聲息。

想到這兒，她不禁暗罵自己：漢娜！妳在想什麼？

我又在編鬼故事了嗎？

忽然她心裡出現好多疑問：怎麼她都沒發現阿丹他們一家人搬來？爲什麼阿丹跟她念同一所學校、甚至同年級，她卻從沒見過他？爲什麼她完全不認識他的朋友，他也完全不認識她的朋友？

這實在太奇怪了，我沒有胡思亂想，也沒有瞎掰。但如果阿丹眞是個鬼呢？

這句英文怎麼說

我來監視他。
I'll spy on him.

漢娜渴望能有個人跟她聊聊阿丹這個人，可是她的朋友都出去玩了，而她爸媽才不會聽信她的「鬼話」呢！

於是漢娜決心要自己證明這件事，她要研究阿丹，用科學的方法來觀察他、監視他。

對，我來監視他。

她決定就從他家廚房的窗戶開始。

漢娜跑到後陽臺上，順手關上紗門。

這是個悶熱的夜晚，銀灰色的月亮掛在深藍色夜空中。漢娜大步穿過後院，蟋蟀唧唧的叫著，阿丹的家就在她眼前，夜裡看來十分低矮陰暗。

鋁梯還靠牆擺在那裡，漢娜穿過分隔兩家的車道，一顆心怦怦的跳著。她躡手躡腳的穿過草地，爬上後陽臺的三階水泥矮階梯，看見廚房門是關著的。

她站在門前，將臉靠在窗戶上，往廚房裡頭看去，頓時倒抽了一口氣。

註：一種類似「大富翁」的兒童遊戲。

7.

漢娜嚇了一大跳，因爲阿丹也正隔著窗戶看著她。

「哇啊——！」她叫了出來，差點從窄窄的後陽臺摔下去。

屋裡的阿丹也驚訝得瞪大雙眼。

漢娜看見阿丹的背後有幾張桌子，還有亮黃色的盤子，一個高瘦金髮女人——應該是阿丹的媽媽——正從檯子上的微波爐拿東西出來。

接著門打開了，阿丹探頭出來，露出一臉詫異的表情問道：「嗨！漢娜，有什麼事嗎？」

漢娜結結巴巴的說：「呃……沒事，我……沒事，眞的。」她感覺到自己的臉脹紅了起來。

這句英文怎麼說

他在嘲笑我！
He's laughing at me!

阿丹直盯著她看，嘴角微揚笑了起來。

「好吧！那妳要不要進來坐坐？我媽正在做晚飯，不過……」

她有點大聲的回道：「不用了，我不是……要……」

漢娜不禁覺得自己像個笨蛋，她看著阿丹的笑臉，幾乎無法呼吸。

他在嘲笑我！

她隨即窘迫的道聲：「再見了！」然後從後陽臺跳出去，差點跌在地上，卻頭也不回的迅速跑回家去。

在我生命中還不曾這麼出糗過呢！

從來沒有……

第二天下午，漢娜一看見阿丹從家裡走出來，便趕緊躲進車庫裡面。看他牽著腳踏車，她感覺到自己的臉頰燥熱起來，那種尷尬的感覺又出現了。

她告訴自己，如果我要扮演好偵探的角色，就得更加冷靜沉著才行。昨天晚上我太過驚慌失措了，導致任務失敗。

我不會再重蹈覆轍了！

她看著阿丹跨上腳踏車，騎上街去。自己則靠在車庫牆上，等著看他往哪個方向騎，然後趕快跑進車庫牽起腳踏車追上去。

漢娜看到阿丹往鎮上的方向騎過去，可能是要去找那兩個男孩。

先讓他往前騎一點，我在後面跟著。她想。

她跨在腳踏車上，停在車道邊等了一會兒，注意著阿丹消失在下個街角的地方。

她騎著腳踏車往前進的時候，陽光穿過樹葉灑下來，她維持穩定緩慢的速度跟著阿丹。

奎特太太像往常一般在除草，這回漢娜可懶得跟她打招呼。一隻小白狗興奮的追著她吠了半條街左右的距離，最後終於放棄。

已經看到學校操場了，幾個小孩在角落玩球，漢娜尋找著阿丹的蹤跡，可是並沒看見。

她繼續騎到鎮上，太陽曬在臉上感覺很溫暖，她忽然想起珍妮——

這句英文怎麼說

也許我今天會收到她的信。
Maybe I'll get a letter from her today.

也許我今天會收到她的信。

她真希望珍妮可以和她一起跟蹤阿丹，她們倆一定是最佳偵探二人組。漢娜知道，如果珍妮昨天晚上跟她在一起，她就不會那麼慌張失措而搞砸一切了。

郵局旗杆上的國旗在溫暖的微風中輕輕飄蕩，雜貨店前面停放著幾部車，兩個抱著購物袋的女人正在路邊聊天。

漢娜停下車，腳踩到地上，手抬至額頭擋住陽光，試著尋找阿丹究竟在哪裡。

阿丹，你在哪兒？

跟朋友在一起嗎？你到哪兒去了？

她又騎著腳踏車穿過鋪著草皮的小廣場，往郵局前進。

腳踏車騎上人行道，然後來到郵局旁邊的巷子。可是巷子裡靜悄悄的。

她在心裡大喊：阿丹！你到哪兒去了？你在哪裡？

他剛剛在我前面一條街而已呀！難道又憑空消失了？

她騎回廣場上，查看一下哈德冰淇淋店和小吃店，但同樣沒看見阿丹的蹤影。

漢娜不禁取笑自己：「漢娜，妳可眞是個好偵探哪！」然後滿臉挫敗的嘆了一口氣，掉頭回家。

但是，就在她快到家的時候，又看到了那團飄浮的影子。

她意識到那團影子又出現了！於是馬上換了檔，雙腳踩得更用力。

她的眼角餘光發現，那團影子飄過了奎特太太門前的草皮，無聲無息的朝她這邊飄過來。

漢娜踩得更用力了。

又出現了，這不是我胡思亂想，是眞的……可是怎麼可能呢？

她踩著踏墊直起身子，腳下踩得更加起勁。可是那個影子還是跟著她，毫不費力的加速、飄飛過來。

漢娜回頭看見影子的手臂朝自己伸過來，她害怕得直喘氣，忽然覺得雙腿宛若有千斤重。

我……我動不了了！

下一秒鐘，那團影子掃過她，她感受到一陣瞬間襲來的寒意，樹枝一般的手臂從人形的影子伸出來。漢娜一邊驚訝的想著——他的臉呢？爲什麼我看不到他的臉？一邊想要繼續往前騎。

那團影子擋住了陽光，整個世界頓時變得黯淡無光。

漢娜告訴自己一定要繼續騎，一定要！

黑影在她身邊移動，手臂伸得長長的。

漢娜害怕的喘著氣，她看到一雙彷如黑暗中的火花一般的紅眼睛，他輕呼著：「漢娜……漢娜……」

他找上我到底要做什麼？

她掙扎著繼續踩腳踏車，可是雙腿越來越不聽使喚。

「漢娜……漢娜……」

可怕的低語呼喚聲彷彿將她團團包圍在恐懼當中。

「漢娜……」

漢娜覺得自己快摔倒了，大聲尖叫著：「不要！」

她努力保持平衡，可是已經太遲了……

這句英文怎麼說？

我動不了了！

I can't move!

「漢娜……漢娜……」

在最後一刻，她伸出手想要撐住自己，卻只聽見碰的一聲——漢娜側身、重重的摔落在地，腳踏車也倒在她身上。

那道影子紅色的眼睛閃閃發亮，飄過來抓住她：「漢娜！漢娜！」

這句英文怎麼說？

她掙扎著大口呼吸。
She struggled to catch her breath.

8.

「漢娜……漢娜……」

低語逐漸變成喊叫——「漢娜！」

漢娜覺得身體側邊傳來一陣陣疼痛，她掙扎著大口呼吸，終於大叫出聲：

「你到底要做什麼？離我遠一點！拜託！」

「漢娜！是我！」

她抬起頭來，卻看見阿丹牽著腳踏車瞪著她看，一臉緊張的樣子。

「漢娜，妳還好嗎？」

她恐懼得哭了起來：「影子！影子……」

阿丹把自己的腳踏車放到地上，急忙跑過去抬起倒在漢娜身上的腳踏車，並

將它跟自己的腳踏車安置在一起，然後抓住她的手問：「妳還好嗎？站不站得起來？我看到妳摔下去，妳撞到石頭嗎？還是哪裡受傷了？」

漢娜搖搖頭，想要把話說清楚：「沒有，那道影子……影子要抓我，然後……」

阿丹聽得一頭霧水。「什麼？誰要抓妳？」他回頭往四處張望一下，又轉過來。

漢娜氣喘吁吁的說：「他知道我叫什麼名字，一直叫我，還一路跟著我。」

阿丹皺起眉頭，仔細端詳她：「妳撞到頭了嗎？漢娜，妳會不會覺得頭暈？我看還是得找人來幫忙……」

漢娜抬頭看著他說：「不用了，我……呃……你真的沒看到他嗎？他穿著黑色的衣服，還有火紅色的眼睛……」

阿丹搖搖頭，仍小心的看著她，輕聲說道：「我只看到妳，妳很快的騎過草皮，然後摔倒。」

「你真的沒看到一個穿黑衣服的人？一個男的？他在追我？」

這句英文怎麼說

你撞到頭了嗎？
Did you hit your head?

阿丹搖了搖頭。「漢娜，街上根本沒有其他人，只有我而已。」

漢娜喃喃的說：「我可能真的撞到頭了。」伸手抓了抓一頭短髮。

阿丹伸出手來問她：「妳站得起來嗎？會不會痛？」

「我想——應該可以吧！」漢娜拉著他的手站了起來。

漢娜的心臟仍怦怦直跳，整個身體還在發抖。她瞇起眼睛，在前院、鄰居的大樹叢裡搜尋那團影子，卻什麼也沒看到。

漢娜小聲地問：「你眞的沒有看見其他人？」

阿丹搖搖頭，手指向樹叢說：「我只有從那裡看到妳。」

漢娜繼續囁嚅道：「可是我覺得……」這時，她可以感覺到自己臉上升起一抹燥熱。

這眞是尷尬斃了！他一定以爲我是瘋子。

不過，說不定我眞的瘋了……

阿丹一邊幫她扶起腳踏車，一邊說：「妳騎太快了，這裡又那麼多樹，當然有很多影子，妳就是這樣被嚇到的吧！穿黑衣服的人可能只是出自妳的想像而已。」

漢娜虛弱的回答：「也許吧……」可是她心裡可不這麼認爲。

第二天下午，天上的白雲在太陽四周飄移，漢娜跑向車道盡頭查看信箱，街上有隻狗正在吠叫。

她打開信箱，急急忙忙把手伸進去，卻摸了個空——沒有信，什麼也沒有。

她失望的嘆了一口氣，用力關上信箱。

珍妮答應要每天寫信的，她已經出去玩好幾個星期了，漢娜卻連一張明信片都沒收到。

沒有一個朋友寫信給她。

漢娜走回屋子時，瞥了阿丹家一眼，天上高高的白雲投射在他家客廳的大窗戶上。

不知道阿丹在不在家？

她從昨天早上摔倒以後，就沒再看到阿丹了。

這句英文怎麼說

沒有一個朋友寫信給她。
None of her friends had written to her.

漢娜又嘆了口氣，不禁想著：我眞是個蹩腳偵探啊！

她又看了阿丹家窗戶一眼，繼續走回家，決定再寫一封信給珍妮。

我一定得告訴她有關阿丹的事，還有那道恐怖的影子和最近發生的奇怪事件……

她聽見兩個雙胞胎正在屋裡吵著要看哪一卷卡通錄影帶，而媽媽卻叫他們出去外面玩。

漢娜急忙回房間拿出紙筆。房間裡感覺很悶熱，她把一堆髒衣服丟到書桌上，決定到外面去寫信。

過了一會兒，她在前院大楓樹下坐好，天上的雲此時幾乎佈滿天空，太陽偶爾露個小臉兒。

寬大多葉的樹木剛好爲她遮蔭，免於遭受太陽的荼毒。

漢娜打了個呵欠。她昨晚沒睡好，心想也許等一下該去睡個午覺，不過還是先把這封信寫完吧！

她靠在強壯的樹幹上，開始寫了起來。

親愛的珍妮：

妳好嗎？我眞希望妳掉到湖裡淹死，那是唯一能解釋妳爲什麼都沒寫信給我的理由！

妳怎麼可以這樣拋棄我？

明年暑假，無論如何我都要跟妳一起去露營。

最近周遭所發生的事眞的很詭異——妳還記得我告訴過妳隔壁搬來的那個男生嗎？他叫安丹尼，長得還滿帥的，一頭紅髮、滿臉雀斑，還有很迷人的棕色眼眸哦！

不過，珍妮，妳別笑我，我覺得阿丹是個鬼！

我聽到妳在偷笑了，可是我不在乎，等妳回到綠林瀑布，我就有證據證明了。等妳看完這封信，請不要告訴寢室裡其他女生妳最要好的朋友已經被嚇壞了。

以下就是我目前發現的證據：

1阿丹一家人忽然出現在隔壁那棟房子，我每天都在家，卻沒看到他們何時搬進去；而且我爸媽也沒看到。

這句英文怎麼說
我聽到你在偷笑了。
I can hear you laughing.

2阿丹說他念楓樹大道中學，而且跟我們同年級，那怎麼可能我們從來沒見過他呢？他跟兩個我從來沒見過的男生一起玩，我的朋友他連一個也不認識。

3他有時候會消失不見——忽然消失不見哦！妳不要笑！還有，有一次他從屋頂上摔下來，兩腳落地，卻一點聲音也沒有，眞的，珍妮，我沒騙妳！

4昨天我被一道很恐怖的影子追，結果從腳踏車上摔下來，等我回頭一看，那道影子不見了，而阿丹就站在原先影子所在的地方，然後……

呵呵，現在事情聽起來很恐怖了吧！

我眞希望妳能在這裡，這樣我就可以解釋得更清楚。將這種事情寫在信上讓我覺得自己很白癡，好像把事情弄得一團糟似的。我知道妳又在笑我了。好啦！妳儘管笑好了，也許我不該把這封信寄出去，因爲我不想被妳拿來開玩笑，也不想讓這件事變成我下半輩子的笑柄。

好啦！這差不多就是我的近況。

森林裡好不好玩？眞希望妳被蛇咬得全身腫起來，所以妳才沒寫信給我。要不然等妳回來，我就把妳給宰了！

要寫信給我！

漢娜

漢娜大聲的打個呵欠，筆掉到地上。

她靠著樹幹慢慢的讀著那封信，心裡納悶道：

寄這樣的信會不會有點瘋狂？不行，我一定要寄出去，一定得跟個人說這裡到底發生了什麼事，所有詭異的事情只有我一個人知道就太奇怪了。

太陽終於從雲堆裡探出頭來，頭頂上的樹葉在她的信上面製造出一些影子。她抬頭望向亮晃晃的太陽，不料卻看到一張臉往下看著她，嚇了她好大一跳。

「阿丹！」

「嗨！漢娜。」他靜靜的打了聲招呼。

漢娜抬頭看著他，只覺他整個身體四周被太陽照得彷彿鑲了金邊，置身在光線中閃閃發亮。

漢娜說：「我……我沒看見你，不知道你在這裡，我……」

這句英文怎麼說

把信給我。
Give me the letter.

阿丹用很輕卻很堅持的語氣說：「漢娜，把那封信給我。」說完還伸出手來要。

「什麼？你說什麼？」

阿丹再次堅定地要求道：「把信給我，漢娜，趕快把信給我！」

漢娜緊緊抓住信，抬眼看著他。她得用手遮住陽光，太陽光好像穿透阿丹的身體射下來似的。

他從上面對她說話，手伸得長長的，堅持的說著：「快把信給我！」

漢娜小聲的問：「爲什麼我要把信給你？」

阿丹告訴她：「我不能讓妳把它寄出去。」

「爲什麼？阿丹，這是我寫的信，爲什麼我不能寫信給我的朋友？」

「因爲妳發現了我的祕密，我可不能讓妳告訴任何人。」

9.

「所以我沒猜錯……」漢娜喃喃的說，「你是個鬼！」

她不禁顫抖起來，一陣寒意掠過她的身體。

阿丹，你什麼時候死的？

爲什麼要在這裡嚇我？

你要對我做什麼事？……

她的腦海霎時浮現出好多恐怖的問題。

阿丹堅持道：「把信給我，漢娜，誰都不能看這封信，誰都不能知道。」

「可是，阿丹……」她雙眼直視著阿丹，直視著一個鬼！

金色陽光穿過他的身軀，他變得有些模糊，一下子看得見，一下子看不見。

這句英文怎麼說

你是個鬼！
You are a ghost.

漢娜得用一手遮住陽光，因爲他越來越亮，亮得讓人無法直視。

漢娜的眼睛緊緊閉上，問道：「阿丹，你會對我做什麼事？你現在要做什麼？」

他沒有回答。

等到漢娜睜開眼睛，往上一看，卻看到兩張咧著嘴笑的臉！

只見她的雙胞胎弟弟們指著她笑。

比爾說：「妳睡著了。」

賀比接著告訴她：「妳還打呼呢！」

「嗯？」漢娜眨眨眼，想要弄清楚究竟發生了什麼事，卻覺得脖子僵硬、背部痠痛。

賀比一邊說：「妳是這樣打呼的。」一邊做出可笑的豬叫聲。

兩個小男孩笑得東倒西歪，倒在地上滾來滾去，緊接著又開始上演一場即興摔跤比賽。

「我做了一個惡夢。」漢娜像是對自己和弟弟們說話，但雙胞胎兄弟對於她到底說了什麼根本不感興趣。

她站起來伸了個懶腰，想要舒緩一下僵硬的脖子。

「噢！」

靠在樹幹上坐著睡眞是痛苦。

漢娜又往阿丹家看，心想，那個夢感覺好眞實，她忽然覺得背脊一陣涼意。

好可怕……

她跟弟弟說了聲：「謝謝你們把我叫起來。」

然而兄弟倆也沒聽見她在說什麼，只是朝後院跑去。

漢娜彎腰撿起信，對摺之後，往前門走去。

她的肩膀仍隱隱作痛，不禁想著：有時候夢會反映眞相，它會以另一種方式告訴你平常不可能發現的事。

她發誓一定要找出阿丹的祕密，即使會丟掉性命。

第二天晚上，漢娜決定去看看阿丹在不在家。

這句英文怎麼說

謝謝你們把我叫起來。
Thanks for waking me up.

也許阿丹會想要去哈德冰淇淋店買個冰淇淋。

於是她跟媽媽交代一聲去處，便穿過後院。

昨天下了場大雨，草地因爲濕氣而閃閃發亮，球鞋踩在草地上的感覺既柔軟又潮濕。

黯淡的弦月浮在烏雲之上，夜晚的空氣夾帶著濃重濕氣。

漢娜穿過車道，有點猶豫的走向幾公尺外阿丹家的後陽臺，在後門的窗上，有一扇窗子透出昏黃的燈光。她記得幾天前站在這裡，阿丹突然一開門，害她尷尬得不知道該說什麼才好。

至少這回我知道自己要說什麼。

漢娜做了個深呼吸，然後走到門口敲了敲廚房的窗戶。

她聽了一下，覺得這房子好安靜，於是又再敲一次，卻依舊沒有腳步聲前來應門。

她靠近窗戶，往廚房裡面看——

「噢！」漢娜有點驚訝，她看見阿丹的媽媽坐在黃色餐桌前，背對著漢娜，燈光把她的頭髮照得閃閃發亮，兩隻手拿著白色的馬克杯。

漢娜不禁狐疑道：爲什麼她不應門呢？

她有點猶豫，手握拳頭，再次用力的敲了幾下門。透過窗戶，漢娜看得出來阿丹的媽媽對敲門聲一點反應也沒有。只見她拿起馬克杯喝了一口，依舊背對著漢娜。

漢娜大聲叫道：「有人在嗎？」

她又敲了一次，並呼喊道：「安太太！安太太，是我，漢娜，我住在隔壁。」

燈光下，阿丹的媽媽把白色馬克杯放到桌上，始終沒有回頭，只是安坐在椅子上。

「安太太！」漢娜舉起手敲門，然後又挫敗的放下，不禁感到相當疑惑。

爲什麼她沒聽見我叫她呢？

她看著安太太細瘦的肩膀，頭髮垂到領子上。

爲什麼她不來應門？

刹那間，漢娜害怕得發起抖來，心裡忽然有了答案。

這句英文怎麼說

為什麼她不來應門？
Why won't she come to the door?

我知道她爲什麼沒聽到我叫她、爲什麼沒來應門了……

漢娜一面萬分恐懼的叫出聲來，一面從窗戶那邊往後退。她匆匆逃離後陽臺，來到一處黑暗的安全所在。

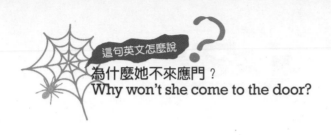

10.

漢娜全身發抖，雙手環抱胸前，好像要從可怕的思緒中尋求保護。

她意識到——安太太因為不是人，所以沒聽到我叫她。她不是人，是鬼，就跟阿丹一樣。

一個鬼家庭搬到我家隔壁來了，而我現在就站在這個黑漆漆的後院，想要監視那個根本不存在的男生！

我在這裡全身發抖，又怕又冷，想要證明我已經確定的事。

他是鬼，他媽媽也是鬼！

而我……我……

廚房的燈滅了，阿丹家的後面整個陷入一片漆黑。

這句英文怎麼說

我才不信有鬼呢！
I don't believe in ghosts!

弦月的光影照得濕草地發亮，漢娜置身在一片寧靜當中，想要趕走心裡那些恐怖的思緒，一直到她覺得腦袋快爆炸了，仍然疑惑著：阿丹究竟在哪兒？

她穿過車道回家，聽到家裡的音樂及電視聲音，還可以聽到雙胞胎在樓上房間裡面玩鬧的笑聲。

鬼!?

她一邊想，一邊看著身後宛若閃耀眼睛的明亮窗子。

鬼!?

我才不信有鬼呢！

這個想法讓她覺得不再那麼害怕了。忽然間，她覺得嘴巴很乾，晚風吹來感覺濕熱黏膩，不禁又讓她想起冰淇淋。

去哈德冰淇淋店買份雙球冰淇淋似乎是不錯的主意！嗯，冰淇淋巧酥，她彷彿已經嘗到那甜滋滋的味道了。

她跑進屋裡準備跟爸媽說她要到鎮上去，到了門口卻忽然停住，她的爸媽坐在電視機前面回頭看著她：「漢娜，怎麼啦？」

她忽然好想把所有事情告訴他們，便脫口而出：「隔壁那一家不是人，他們是鬼，你知道阿丹——那個跟我同年級的男生，他是鬼，我曉得他是鬼，而且他媽媽也是……」

爸爸說：「漢娜！拜託，我們要看電視。」手上還拿著一罐健怡可樂。

他們不相信我的話。

笨哪！他們當然不會相信我的話，誰會相信這種鬼話呢？

回到房間，她從皮夾拿了張五塊錢的鈔票，放進短褲口袋，梳梳頭髮，看著鏡子裡面的自己，心想：看起來還好，不像是瘋子。

她的頭髮因爲夜晚的濕氣，看起來濕濕塌塌的。

乾脆把頭髮留長好了。

漢娜不禁想像起長頭髮披在臉頰兩旁的樣子。

今年暑假我可有得現了。

她一邊走到前門，聽到頭頂上傳來碰碰的聲響，搖頭想著：那兄弟倆一定又在房間裡面玩摔跤了。

這句英文怎麼說

真不愧是鄉下小鎮！
What a hick town!

再度走進溫暖潮濕的黑夜裡，她小跑步穿過草皮，來到人行道上，往鎮上的哈德冰淇淋店前進。

高大舊式的街燈灑下藍白色的燈光，行道樹在夜風中微微顫抖。漢娜走在人行道時，樹木發出窸窸窣窣的聲音。忽然又想到人行道上的鬼，她的心倏的一抖，覺得樹木好像伸長長滿樹葉的手臂要來抓她。

靠近鎮上的時候，她又有一種奇怪的感覺；經過郵局的時候，郵局的窗戶看起來漆黑鬼魅，她不禁加快腳步。

小鎮廣場一片孤寂，還不到八點鐘，已看不見來往的車輛，街上也沒有半個人影。

她喃喃說道：「眞不愧是鄉下小鎮！」

在銀行的後面，她轉向榆樹街，哈德冰淇淋店就在下一個街角。它的櫥窗上有個大大的紅色霓虹燈冰淇淋，把整個人行道都照得紅紅的。

漢娜心想，至少哈德冰淇淋店晚上還有營業。

當她靠近店門口，看到小店前面玻璃門那邊似乎很熱鬧的樣子。

她在距離門口一公尺的地方停住，害怕的感覺忽然變得非常強烈。儘管晚上很熱，可是她卻覺得全身冰冷，膝蓋發抖。

到底是怎麼回事？爲什麼我一直有種奇怪的感覺？

當她透過紅色霓虹燈往店裡看的時候，突然看到一個接一個的人影——他們在燈光下跑來跑去，面露恐懼的神色。

漢娜驚訝的注視著店裡的情形，然後她看見阿丹，還有阿倫和佛瑞，他們手上都拿著冰淇淋，身軀往前彎的從店裡跑出來，一副要全速逃離的樣子，球鞋在人行道上啪啪作響。

漢娜聽到店裡傳出狂怒的吼叫聲。

不曉得究竟怎麼了，她更靠近門口，並仍聽得到三個男生跑掉的聲音，只是在漆黑的夜色裡已經看不見他們的身影了。

她一回頭，忽然有東西從後面用力的撞到她。

「哇！」她大叫一聲，重重的摔倒在人行道上。

這句英文怎麼說

是什麼東西撞到我？
What hit me?

11.

漢娜的手肘和膝蓋撞向地面，重重的摔到人行道上，全身痛得讓她幾乎無法呼吸。

這是怎麼一回事？是什麼東西撞到我？

漢娜一邊喘氣，抬頭看到哈德先生氣沖沖的從她身旁走過，使盡全身力氣對著那三個男生大吼。

漢娜慢慢的站起來，心想哈德先生這回可是眞的生氣了。

等到整個人站直之後，她裸露在外的膝蓋開始抽痛著，心臟也跳得很厲害。

漢娜看著店老闆，有點生氣的想著：他撞到我，至少也該說聲對不起吧！

藉著冰淇淋店的光線，她彎腰檢查膝蓋有沒有摔傷，結果還好只有一點點瘀

血。

她拍了拍短褲，看著哈德先生急急忙忙回到店裡。

哈德先生長得矮矮胖胖，一張粉紅色的圓臉配上白色卷髮。他身穿白色長圍裙，揮舞著拳頭，走路時圍裙飄啊飄的。

漢娜躲在陰暗處一棵大樹後面。

幾秒鐘之後，她聽到哈德先生回到櫃臺前面，大聲的向太太抱怨：「這些小孩是怎麼了？拿了冰淇淋就跑，也不付錢，難道他們沒有父母、沒有其他人教他們是非對錯的觀念嗎？」

哈德太太講了幾句話安慰她先生，但是漢娜聽不清楚她說了什麼。

漢娜在一片怒罵聲中，偷偷從樹後面跑掉，前往男孩們跑掉的方向。

為什麼阿丹和他的朋友們會笨到冒這種風險呢？如果他們被逮到怎麼辦？值得為了一個冰淇淋被抓到警察局，留下犯罪紀錄嗎？

走了半條街，她還聽得到哈德先生在小店裡頭生氣罵人的聲音。

漢娜跑了起來，想要盡速逃離他的怒吼聲，但是她的左膝蓋仍在痛。

這句英文怎麼說

喂！你們這些傢伙！
Hey! you guys!

夜晚的空氣悶熱而潮濕，幾撮頭髮因爲流汗黏在額頭上。她想像阿丹跑出店面，手裡拿著冰淇淋的樣子，想像他逃走時那種害怕的表情，還有阿倫和佛瑞在他後面逃跑的時候，球鞋啪啪的在人行道上響著。

現在她也想跑了，但不確定是爲了什麼。

漢娜的左膝蓋還因爲之前摔倒而疼痛。她離開鎮廣場，跑著經過黑暗的房子和草皮。她轉了個彎，街燈投射出三角錐狀的光亮區域，旁邊有更多房子，一些夜燈亮著，街上一個人也沒有，心裡不禁又想著：眞是個無聊的小鎭呀！

她忽然看見那三個男孩，於是停了下來。他們距離她有半條街的距離，躲在一道像牆一般的籬笆後面。

漢娜叫道：「喂！你們這些傢伙！」她朝他們跑過去，直到靠近一點的時候，看得出來他們在笑，而且高興的吃著冰淇淋。

他們沒看到她。漢娜從另一邊陰暗的街上慢慢靠近，一直到他們對街的後院，躲在萬年青樹叢後面。

佛瑞和阿倫一面互相推擠的玩著，一面享受自店老闆那兒獲取的小小勝利。

阿丹則獨自倚靠在高籬笆上，靜靜的吃著冰淇淋。

「哈德先生今天算是有個不一樣的夜晚了，」阿倫大聲的宣佈著，「免費冰淇淋！」

佛瑞跟著鬼叫，還拍打著阿倫的背部。兩個男生都轉向阿丹，在路燈的照射下，他們的臉看起來蒼白且發青。

阿倫跟阿丹說：「你看起來眞的很怕的樣子，我還以為你的膽子就要嚇破了呢！」

阿丹說：「才沒有呢！你知道我是第一個跑出來的，你們太慢了，我還想說得要回去救你們咧！」

佛瑞則挖苦道：「是喔！」

漢娜發現阿丹是在裝酷，試著想表現得跟他們一樣。

阿丹又說：「還滿刺激的。」一邊把剩下的冰淇淋筒丟到籬笆裡面去。「可是你們要知道，我們最好小心一點，最近不要到那附近去閒逛。」

阿倫說：「哎呀！又不是搶銀行，只是拿個冰淇淋而已。」

這句英文怎麼說

他們被抓到了。
They're caught.

佛瑞也對阿倫說了些什麼，可是漢娜聽不見，然後兩個男生就扭打了起來，大聲笑鬧著。

阿丹警告他們：「喂，不要這麼大聲，我是說……」

不料阿倫忽然說：「我們再回去哈德那裡，這次我要兩球！」

佛瑞大聲附和，並跟阿倫擊掌。阿丹也一同笑了起來。

阿丹說：「我們該走了。」另外兩個男生還來不及答話，街上忽然整個亮了起來，漢娜轉過頭去，看到兩道白光朝著他們過來。

是車燈。

漢娜心想：是警察！他們被抓到了，三個都被抓到了！

12.

車子停了下來，漢娜由樹叢往外看。

只見司機從車窗伸出頭來，用粗魯的聲音對著三個男孩說：「喂！小朋友……」

漢娜發現不是警察，登時鬆了一口氣。

三個男孩僵硬的站在籬笆邊，在微弱的街燈照明下，漢娜看出開車者是個戴著眼鏡的白髮老人。

佛瑞跟他說：「我們又沒怎樣，只是在聊天而已。」

那個人問道：「你們知道往一一二街要怎麼走嗎？」車裡的燈光亮著，漢娜看到那個人手上還拿著地圖。

這句英文怎麼說

只是在聊天而已。
Just talking.

佛瑞和阿倫鬆一口氣的笑了起來。阿丹一直看著司機，臉上仍露出害怕的表情。

那個人又重複問道：「往一一二街怎麼走？」

「從大街轉到一一二街，再往前走兩條街右轉。」阿倫告訴他，並指著車頭的方向。

接著車裡的燈熄了，對方道聲謝謝便開走了。

三個男孩一直盯著那輛車開走，直到完全看不見爲止。

佛瑞和阿倫擊掌慶賀，兩人又推擠到籬笆邊笑鬧起來。

阿倫忽然驚訝的說：「嘿！你們看看我們現在在哪裡！」

三個男孩轉頭朝車道看過去，漢娜也從對街躲藏的角落，跟隨他們的視線望去。只見樹叢盡頭立著一個信箱，信箱上面還有一隻手刻的天鵝，優雅的翅膀從兩旁伸了出來。

「這是契史尼的家，」阿倫一邊走向信箱，兩手抓住翅膀說，「眞是教人吃驚的信箱啊！」

佛瑞也跟著竊笑道：「那是契史尼自己做的，眞是笨蛋！」

「這是他的榮耀和樂趣。」阿倫打開信箱往裡面看，然後一臉不屑的說：「空的。」

阿丹大聲說：「誰會寫信給他呀！」試圖想要表現得像兩個朋友一樣強悍的樣子。

佛瑞說：「嘿！阿丹，我有個主意。」他走到阿丹後面，將他往信箱的方向推了過去。

阿丹抗議道：「喂！你在做什麼啊？」

佛瑞不予理會，繼續把他推到信箱前面說：「現在讓我們看看你有多厲害。」

阿丹大叫：「嘿！等一下……」

漢娜從矮樹叢後面探頭出來，自言自語道：「哇！他們現在又想做什麼？」

接著她聽到阿倫命令阿丹：「把這個信箱拿走，你敢不敢？」

佛瑞跟著說：「你敢不敢？記得你跟我們說過你很大膽，而且從來不會退卻嗎？」

這句英文怎麼說

誰會寫信給他呀！
Who would write to him?

阿倫一邊笑，一邊說：「是啊！你跟我們說過你最厲害了。」

阿丹猶豫的說：「可是我……」

漢娜覺得胃糾結起來，並感到十分害怕。她看著阿丹往契史尼手刻的信箱走過去，忽然有種不祥的感覺——一種有可怕事情就要發生的感覺。

她決定自己一定要阻止他們，於是深深吸了一口氣，從樹叢後面走出來。

當她準備叫他們的時候，眼前忽然陷入一片黑暗，她不禁叫道：「喂！」

這是怎麼一回事？

漢娜最先想到的是路燈壞了，緊接著又看到前面有兩團火紅色的光芒——兩隻被黑暗所包圍的眼睛，那道影子又在她面前出現了！

她想要尖叫，可是聲音消失在沉重的黑暗當中；她想要逃跑，影子卻擋住了她的去路。

紅色的眼睛燒灼著她的眼睛，越來越近……

漢娜知道——

這回他抓到我了！

13.

陰影低語道：「漢娜……漢娜……」距離近到漢娜可以感覺到熱熱酸酸的呼吸氣息。

「漢娜……漢娜……」像枯黃鬆脆的樹葉一般的低語聲縈繞耳際，紅色的眼睛彷彿燃燒的火燄似的。

漢娜覺得黑暗包圍了她，將她緊緊包在中央。

她努力的擠出一絲聲音說：「求求你……」

「漢娜……」

這時燈光忽然又亮起。漢娜眨眨眼睛，用力喘著氣，感覺到那股酸味仍滯留在鼻子裡。但由於街上再度亮了起來，車燈照在她身上，漢娜發現影子又不見了。

這句英文怎麼說

這主意很棒．
It's a cool idea.

雖然燈光將那道影子趕走了，可是他會回來嗎？

車子經過的時候，漢娜攤在萬年青樹叢後面的地上喘著氣。當她抬頭看的時候，男孩們還待在契史尼先生家的籬笆那裡。

阿丹催促他們：「我們走吧！」

阿倫卻擋住阿丹說：「還不行，你忘記我們要『試膽量』了嗎？」

佛瑞也把阿丹推到信箱前面說：「快，把信箱拿走。」

阿丹往後退，說：「等一下，我可從來沒說我要拿走信箱。」

佛瑞說：「我問你敢不敢拿走契史尼的信箱，你記得嗎？你還說你沒有什麼不敢做的事。」

阿倫笑了出來：「契史尼明天出門會發現他的天鵝飛走了。」

阿丹抗議道：「不要，等一下……我覺得這主意不太高明。」

阿倫則堅持道：「這主意很棒，契史尼實在太機車了，綠林瀑布的每個人都討厭他。」

佛瑞開始激他：「阿丹，快拿走他的信箱，拔起來！快點！你到底行不行？」

「我不要……」阿丹想要退後，可是佛瑞從後面抓住他的肩膀。

阿倫又繼續激他：「你眞是沒膽。」

佛瑞也裝假聲笑他：「看這個沒用的傢伙，還在吃媽媽的奶呢！」

阿丹忽然生氣的說：「我才不是膽小鬼！」

阿倫說：「那你就證明給我們看呀！」他抓住阿丹的手，往信箱旁邊天鵝的翅膀伸過去，「快去啊！馬上證明給我們看！」

佛瑞大聲說道：「眞是好笑，鎭上郵差大人的信箱飛走了！」

漢娜躲在對面的陰暗處，偷偷希望阿丹千萬不要偷走信箱。

拜託，不要……

突然又有一部車開過來，三個男孩都從信箱旁邊逃走。然而那部車就這麼開過去，完全沒有停下來的意思。

漢娜聽到阿丹說：「我們走吧！已經很晚了。」

可是佛瑞和阿倫仍不停的嘲笑他、激他。

漢娜看著白色路燈的時候，阿丹往前走到契史尼的信箱前面，伸手抓住翅膀，漢娜大叫：「阿丹，等一下……」

可是他好像沒聽見。

阿丹作勢哼了一聲，開始動手拉，可是信箱一動也不動。

於是他握住支撐的支架，用力拉著。阿丹跟阿倫、佛瑞說：「這支架插得很深，我不一定拔得起來。」

阿倫叫他再試試看，佛瑞則說：「我們來幫你。」然後將手擺在阿丹上面。

阿倫看了也說：「我們一起來吧！數一二三。」

「如果我是你們，我就不會這樣做！」背後忽然有個粗糙的聲音響起，他們轉過頭去，發現契史尼先生正從車道上瞪著他們看，一臉氣炸的樣子。

14.

契史尼先生抓住阿丹的肩膀，將他從信箱旁邊拖走。天鵝的一邊翅膀也被阿丹拔了下來，契史尼先生把他拖走之際，碎片掉到地上。

契史尼先生氣得雙眼圓睜。「你們這群小混混，你們……你們……」

漢娜從對面大聲喊：「放開他！」可是恐懼淹沒了她的聲音，聽起來就像是悄悄話一樣。

阿丹奮力的掙脫了契史尼先生，三個男孩一句話也沒說便開始奔逃，跑到一條杳無人跡的黑暗街上。球鞋踩在人行道上，發出很大的聲響。

契史尼先生則在後面大吼道：「你們給我記住！下次再讓我看到，我就拿我的手槍對付你們！」

漢娜看著契史尼先生彎腰撿起天鵝破掉的翅膀，仔細看著，並生氣的搖頭。然後她開始跑，保持一定距離跟著三個男孩跑，穿過依舊黑暗、悄無人聲的鎮廣場。此時哈德冰淇淋店也已經打烊，霓虹燈招牌後面只有黑漆漆的店面。兩條高瘦的野狗從他們前面悠閒的過馬路，慢慢的散步，連那些男生跑過去都沒多看他們一眼。

在下一條街的中途，她看到佛瑞和阿倫倒在一棵陰暗的樹下，趴在地上大笑，阿丹則靠著寬大的樹幹大聲喘氣。

佛瑞和阿倫兩人笑到停不下來，佛瑞還大聲說道：「你有沒有看到翅膀掉下來的時候，他那張臉……」

阿倫興奮地說：「我看他眼珠子都快掉下來了，還以爲他的頭就要在我們眼前爆炸了呢！」

阿丹沒有跟著他們一起笑鬧，他一手揉著右邊肩膀，一邊呻吟的說：「他抓住我的時候眞的很用力。」

阿倫建議：「你應該要告他！」接著他和佛瑞又笑得無法自抑，坐直起來擊掌。

阿丹靜靜的說：「不要，眞的，他眞的把我弄痛了，他把我拖走的時候，我還以爲……」

「眞是個噁心的傢伙！」佛瑞搖頭道。

阿倫接著說：「我們要復仇，我們要……」

阿丹還在喘氣：「也許我們該避開那裡一段時間，你們有聽他提到他的槍吧！」

另外兩個男生笑得更誇張了，阿倫從散亂的頭髮裡面撥出一些草屑，戲謔的說：「是啊！他會拿把槍跟在我們後面。」

佛瑞也跟著嘲弄道：「偉大的郵差槍殺無辜兒童，不可能啦！他只是在嚇我們，對不對？阿丹。」

「我不知道。」

阿丹揉肩膀的動作停了下來，皺眉看著還坐在草地上的阿倫和佛瑞回答：

佛瑞大聲叫道：「噢！阿丹在害怕了！」

這句英文怎麼說

真是個噁心的傢伙！
What a creep.

阿倫問他：「你該不會就因爲他抓住你的肩膀，就怕起那個老怪物吧……」

阿丹打斷他的話，生氣的說：「我不知道，那個老傢伙完全無法控制，他眞的很生氣，我的意思是說，他可能眞的會爲了保護他的寶貝信箱而對我們開槍。」

阿倫站起來堅定的看著阿丹：「我們一定可以把他惹得更火大。」

佛瑞一臉贊同的笑說：「是啊！我們一定可以。」

接著阿倫靠近阿丹，故意激他：「阿丹，除非你是個膽小鬼。」

阿丹一邊想要在黑暗中看清楚手錶的時間，一邊說：「我……已經很晚了，我跟我媽說要回家……」

佛瑞也站了起來，靠到阿倫旁邊，拍掉沾在牛仔褲後面的草，在昏暗中，閃爍著狡詐的眼神說：「我們該給契史尼一個教訓，叫他不要再拿無辜的小孩開刀。」

阿倫表示贊同，並看著阿丹說：「沒錯，我的意思是他弄痛了阿丹，他不應該這樣子抓住人。」

阿丹揮揮手說：「我要回家了，明天見。」

佛瑞說：「好吧！再見。」

阿倫則說：「至少我們今天吃到免費冰淇淋了！」

當阿丹快步離開時，漢娜還聽到阿倫和佛瑞高聲笑鬧的聲音。

她皺著眉頭，心想：免費冰淇淋？那兩個傢伙還眞是愛找麻煩。

她忍不住想跟阿丹講話，於是追上去喊道：「嘿！」

阿丹猛一回頭，驚訝的說：「漢娜……妳在這裡做什麼？」

她坦白承認道：「我……我跟蹤你們，從冰淇淋店開始。」

他竊笑的問：「所以妳什麼都看見了？」

她點了點頭。「爲什麼你要跟那兩個傢伙混在一起？」

阿丹有點生氣，閃避她直視的眼睛，一邊加快腳步，一邊自言自語道：「他們還好啦！」

漢娜彷彿預言似的說：「他們遲早會惹上大麻煩，眞的。」

阿丹聳聳肩。「他們只是裝酷而已，覺得這樣很好玩，其實他們還不壞。」

「可是他們偷了冰淇淋，還……」漢娜覺得自己已經說得夠多了。

這句英文怎麼說

我跟蹤你們。
I followed you.

兩人靜靜的越過馬路。

漢娜抬頭看著昏黃的弦月消失在雲朵後面，街上變得更暗了，樹木搖晃著樹葉，颯颯聲四起。

阿丹把人行道上一顆石頭踢開，掉落到草皮上。漢娜忽然想起她先前到阿丹家去找他，然而在經歷偷冰淇淋和契史尼先生的信箱事件之後，她差點忘了在阿丹家後陽臺發生的事。

漢娜裝作若無其事的說：「我……我到鎮上之前先去了你家。」

阿丹停下腳步，轉過身來看著她：「啊？」

漢娜繼續說道：「我想問你想不想到鎮上去，你媽媽在家，在廚房裡面。」

他盯著漢娜，彷彿要藉此讀出她的心思一般。

漢娜將前額的頭髮往後撥，說道：「我一直敲廚房的門，還看到你媽媽坐在餐桌前面，背對著我，她完全沒有回頭或有任何反應。」

阿丹沒有回答，低頭看著人行道，手插在口袋裡繼續走著。

漢娜又繼續說：「我覺得好奇怪，我一直敲門，敲得很大聲，可是你媽媽好像沉浸在另外一個世界一樣，她沒來應門，連回頭都沒有。」

兩人的家出現在眼前，一盞夜燈在漢娜家門前閃耀，車道另外一邊的阿丹家，則是籠罩在黑暗當中。

漢娜感覺喉頭緊緊的，她眞希望阿丹問她到底想知道什麼。

你是鬼嗎？你媽媽也是鬼嗎？

這是漢娜心裡眞正想問的問題，可是這麼做實在太瘋狂、太蠢了！你怎麼可能問一個人是不是人？是不是活人呢？

她靜靜的問：「阿丹，爲什麼你媽媽沒來應門？」

阿丹在她家車道盡頭轉過頭，面無表情的瞇起雙眼，一張臉在昏黃的燈光下顯得十分詭異。

漢娜實在沒耐心，再次問道：「爲什麼？爲什麼她沒來應門呢？」

阿丹猶豫著，終於說：「我應該跟妳說實話……」他的聲音低得像在講悄悄話，好像大樹的低語一般。

15.

阿丹靠近漢娜。

她留意到阿丹的頭髮因爲汗濕而黏在額頭上了。

他的眼睛凝望著她，說：「我媽媽沒有應門其實是有原因的。」

因爲她是鬼!?

漢娜心裡這麼想著，一陣寒意登時竄上背脊，恐懼感油然而生。

她用力的吞著口水，自問道：我怕阿丹嗎？

有一點。

漢娜忽然憶起那個恐怖的夢，她的確是有點怕阿丹。

阿丹開始說：「妳知道……」猶豫了一下，他清了清喉嚨，接著說：「妳

知道嗎？我媽媽是聾子。」

漢娜一時之間反應不過來。

「什麼？」這一點都不是她所想像的樣子。

阿丹兩眼直盯著漢娜，低聲解釋道：「幾年前，她的內耳受到感染，兩隻耳朵都會給醫生治療，可是感染越來越嚴重，本來以爲至少可以治好一隻耳朵，結果還是失敗，我媽媽就變成全聾了。」

漢娜結結巴巴的說：「你……你是說？」

阿丹繼續解釋：「她什麼都聽不見，所以才沒聽見妳敲門。」說完，眼睛還一直看著地面。

漢娜聽了，十分彆扭的回道：「我知道了，眞抱歉，阿丹，我不知道，我以爲……我不知道。」

阿丹又說：「媽媽不喜歡人家知道她是個聾子，她覺得如果人家知道了，就會同情她。不過她很會讀唇語，人家看不出來的。」他一邊說，一邊往他家的方向後退。

這句英文怎麼說

或許我完全搞錯了。
Maybe I've totally lost it.

漢娜說：「我不會說出去的，我的意思是，我不會跟任何人說，我……」

她忽然覺得自己很傻，低下頭，慢慢的沿著車道走回家。

阿丹說：「明天見。」

「噢，明天見。」漢娜心裡想著阿丹剛剛跟她說的話，抬起頭來對阿丹揮手道晚安，可是他一下子就消失了。

漢娜回頭，沿著屋子邊緣跑到後門。

阿丹的話讓她覺得很困擾，並意識到自己心裡想的那些有關鬼的想法可能是個大錯誤。

她的爸媽老是說：有一天，她亂竄的想像力會將她一併帶走。

也許現在就是了。

漢娜不太高興的想著。

或許我完全搞錯了。

她轉個彎朝後門走，球鞋在濕軟的地上踩得啾啾響，入口的燈光在水泥陽臺上投射出錐狀的光亮區域。

正當漢娜快走到門口之際，那抹黑暗的身影、眼睛像燃燒中木炭的全黑影子倏然出現在那個光亮的區域，擋住了她的去路。

他伸出細長可怕的手指，低語著：「漢娜——走開！」

16.

這句英文怎麼說？

離阿丹遠一點！
Stay away from Danny!

霎時被強烈的恐懼所吞沒，漢娜覺得自己瞧見這道黑暗影子中，又有一抹邪惡笑容的影子。

「漢娜，離遠一點，離阿丹遠一點！」

「不要——！」

在慌張之中，漢娜沒有發現吼叫聲是她所發出來的。

影子那雙紅色眼睛因爲她的尖叫而變得更亮了，熾熱的凝視強烈燒灼著她的眼睛，她不得不用雙手擋住雙眼。

可怕的乾枯聲音宛若催魂低語，他繼續說：「漢娜……聽我的警告。」有力的黑色手指在光亮中更爲明顯，再次威脅的指向她。

漢娜又發出駭人的驚叫聲：「不要！」

然而黑影一步步靠近，更加靠近了……

就在這一剎那，廚房門打開了，後院投射出一道光亮。

「漢娜，是妳嗎？怎麼啦？」她爸爸出現在光亮之中，一臉擔心的樣子，戴著眼鏡往黑暗中查看。

漢娜幾乎叫不出聲，手指著空氣叫道：「爸！」

她手指的地方只有廚房透出來的長方形亮光，什麼也沒有，那個影子又不見了。漢娜的心裡充滿疑惑，覺得恍惚又疲累，趕快從爸爸身旁走過去，進到屋子裡面。

她告訴爸媽有關那道有火紅眼睛的影子，她爸爸小心的檢查了整個後院，手電筒照著後院的草皮，潮濕柔軟的草皮上並沒有看到任何腳印，也沒有入侵者的痕跡。

漢娜的媽媽焦急的看著她，好像要從漢娜的眼中找到一些答案。

這句英文怎麼說

我需要報警嗎？
Should I call the police?

漢娜生氣結巴著說：「我……我沒瘋啦！」

費太太的臉紅了起來，緊張的說：「我知道……」

爸爸說：「後院什麼也沒有，我需要報警嗎？」一邊搔了搔日漸稀疏的棕髮，眼鏡反射著廚房天花板上的燈光。

漢娜說：「我要去睡覺了，覺得好累……」漢娜急忙上樓回房間的時候，雙腿仍有些發抖，感覺十分虛弱。

她疲倦的嘆了口氣，推開房門。

那道黑影正在床邊等著她……

17.

漢娜倒抽一口氣，本能的往後退。

可是等她藉著走廊上透進來的燈光一看，才發現自己看到的根本不是什麼可怕的影子。

她看到的是自己扔到床架上面的一件深色毛衣，她緊抓著門框，真不知該哭還是該笑，最後大聲說道：「真是漫長的一夜啊！」

接著她打開燈，關上門，走到床邊將床頭的毛衣扯下來，身體卻還在發抖著……

她迅速將衣服脫下來，隨手往地上一扔，再穿上睡衣、爬上床後，只想要快快進入夢鄉。

這句英文怎麼說

為什麼他要搬到我家隔壁？
Why did he move in next door to me?

但她還是無法將所有發生的事情拋諸腦後，那些可怕的影像一次又一次的在腦海中重現。

前院的樹影投映到天花板上，若是往常，她會覺得樹枝搖曳生姿，因而感到很安心。可是今天，那些搖晃的影子只是讓她更加害怕，且使她想起那個喊著她名字的可怕黑影。

她試著轉換思緒，想想阿丹吧！

然而阿丹的事情一樣讓她煩惱。

阿丹是鬼，阿丹是鬼……

這句話一直在她腦海縈繞不去，而且漢娜心想——有關他媽媽的事情，他一定是騙我的，阿丹編個故事想要掩蓋他媽媽也是鬼的事實。

她的腦子塞滿好多問題，一連串她想不出答案的問題！

如果阿丹是鬼，那他在這兒做什麼？

爲什麼他要搬到我家隔壁？爲何又老是跟阿倫和佛瑞混在一起？

他們也是鬼嗎？這就是爲什麼我從來沒在學校或鎮上看過他們的原因嗎？

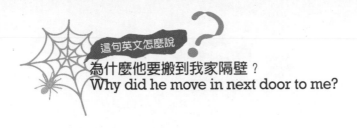

他們三個我從來都沒見過，他們都是鬼囉？

漢娜閉上眼睛，想要把心中那些想法統統趕走，可是她沒辦法不想到阿丹，還有那道黑影。

為什麼那道黑影要我離阿丹遠一點？他不想讓我證明阿丹是鬼嗎？

最後，漢娜終於睡著了。但即使是在夢中，她那些讓人煩惱的思緒還是不停的翻動。

那個枯瘦的影子跟著她進入夢裡。在夢中，她站在一個灰色的山洞裡面，遠處的洞口有明亮的火光燃燒著。

而那道黑影的火紅眼睛閃閃發亮，比火焰還要耀眼，並往漢娜靠近，越來越近……

當那道影子已經近到漢娜可以觸摸的地方，他忽然伸出手來把自己撕開，接著以烏黑的手臂扯開應該是臉的地方，露出來的竟是——阿丹的臉！

阿丹火紅的雙眼猙獰的看著她，一直到她大聲喘著氣醒來。

不，阿丹不是那道黑影！

這句英文怎麼說

這個夢根本是胡扯！
The dream makes no sense.

她一邊想著，一邊望向窗外已經滲出灰濛濛亮光的天空。

不可能！絕對不會是阿丹。

不可能是阿丹……這個夢根本是胡扯！

漢娜滿身大汗的坐起來，連床單都濕了；房裡的空氣相當悶濕，還瀰漫著一股汗臭味。

她踢開被子，下了床。

經過一整個晚上可怕的折騰之後，有件事她一定要做——

她得跟阿丹談談，可不能再像今晚這樣過了，她一定要找出事實眞相。

第二天早上吃過早餐以後，漢娜看見阿丹在後院附近踢球，她拉開廚房的紗門跑到外面。

紗門在她身後碰的一聲關上，漢娜朝著阿丹跑過去。

「嘿！」她開口叫道：「阿丹——你是鬼嗎？」

18.

「啊？」阿丹看了她一眼，又把黑白相間的足球踢到車庫旁邊。

他穿著深藍色上衣，牛仔短褲，紅色頭髮上戴著一頂藍紅顏色的帽子。

漢娜快速穿過車道，在阿丹一公尺外停了下來，氣喘吁吁的再次問道：「你是鬼嗎？」

他皺起眉頭，瞇起眼睛看著她。足球在草地上彈了回來，他跑上前去踢球，並回道：「是啊！沒錯。」

漢娜的心猛力跳動著，堅持道：「不，我是跟你說真的。」

球從車庫那邊高高地彈回來，阿丹用胸部接住球。他一邊搔著膝蓋後面，一邊問：「妳剛剛說什麼？」

這句英文怎麼說

沒什麼。
Never mind.

他一定覺得我是瘋子。

漢娜可悲的想著。

也許我就是……

「沒什麼，可以讓我一起玩嗎？」她緊張的用力呑嚥口水。

阿丹說：「好啊！妳今天怎麼樣？還好嗎？」一邊把球放到草地上。

他輕輕把球踢到她旁邊說：「昨天晚上眞是有點瘋狂，我是說在契史尼先生家的時候。」

球從漢娜身邊跑掉，她跑去追球，然後將它踢回來。她平常運動細胞可是很發達的，但今天早上穿著拖鞋，實在不適合踢足球。

漢娜誠實的說：「我眞的嚇到了，以爲停下來的那部車是警察……」

「是啊！眞的有點可怕。」

阿丹把球撿起來，用頭將球頂給漢娜。

漢娜問：「阿倫和佛瑞眞的是念楓樹大道中學嗎？」結果球掉落在她的腳踝邊，滾向車道去了。

「嗯，他們要升九年級了。」阿丹一邊說，一邊等著她把球踢回來。

漢娜用力踢球，又問：「他們不是新轉來的學生吧？為什麼我從來沒見過他們？」

阿丹移到右邊去踢球，竊笑道：「那他們怎麼也沒見過妳？」

漢娜發現阿丹不會給他任何正面的答覆。

我的問題大概讓他緊張起來了，他曉得我開始懷疑他的眞實身分了。

阿丹告訴她：「阿倫和佛瑞要再去契史尼先生家。」

「啊？他們又要做什麼？」她沒踢到球，反而踢起一塊草皮，「噢，穿拖鞋我不會踢足球啦！」

「他們今天晚上要再去契史尼先生家，妳知道……就是給契史尼一個教訓，誰教他要嚇我們，而且他眞的把我抓得很痛。」

漢娜警告他說：「我覺得阿倫和佛瑞眞的是在自找麻煩。」

阿丹聳聳肩，自言自語道：「反正鎭上也沒別的事好做。」

足球滾到兩人中間，他們不約而同喊道：「我來！」

這句英文怎麼說

拉我一把。
Help me up.

然後他們倆都追著球，阿丹先追上，他想要把球從漢娜身邊踢開，可是腳卻踩在球上面，滑了一跤，摔倒在草地上。

漢娜見狀笑了起來，跨過他去接球，把球踢向車庫邊，回頭看著他，露出勝利的微笑：「我贏了！」

阿丹慢慢的坐起來，T恤胸前沾上草漬。他把手伸向漢娜說：「拉我一把。」

漢娜伸手去拉阿丹——結果她的手竟然穿過阿丹的手!?

19.

兩人都吃驚的叫出聲來。

阿丹說：「喂，做什麼？拉我一把啦！」

漢娜的心怦怦直跳，再度伸手去抓阿丹的手，但她的手還是穿過阿丹的手……

阿丹叫道：「嘿！」瞪大的眼睛裡充滿恐懼，他跳了起來，看著她的手。

漢娜把手舉到臉頰旁邊，輕輕的說：「我就知道。」接著後退一步，離阿丹遠一點。

阿丹繼續瞪著她看，臉上滿佈疑惑的神色：「妳知道？妳知道什麼？這到底是怎麼一回事？漢娜。」

這句英文怎麼說

兩人都吃驚的叫出聲來。
They both uttered startled cries.

漢娜面對著他，在早晨的大太陽底下，忽然感到一陣寒意，說道：「別再假裝了，我知道事情的眞相——阿丹，你是個鬼！」

「啊？」阿丹驚訝得張大嘴巴。

他把帽子脫下來，抓抓頭髮，兩眼一直瞪著漢娜。

她顫抖著聲音，再次說道：「你是鬼。」

「我？不可能！妳瘋了嗎？我才不是鬼！」阿丹一臉吃驚的大叫。

他猛的跨步向前，站在漢娜前面，直直的伸手到漢娜胸前。

結果，阿丹的手竟直接穿過漢娜的胸膛，漢娜嚇得倒抽一口氣。

她一點感覺也沒有，就好像她根本不存在似的。

阿丹開始大叫，猛然抽回手，好像被燙到一樣。他用力的吞著口水，臉上的表情充滿恐懼，結結巴巴的說：「妳……妳……」

漢娜想要回答，可是話好似卡在喉嚨裡說不出來。

阿丹滿臉驚懼的再看了她一眼，便急急忙忙的全速跑開。漢娜無助的看著他跑回家去，後門的紗門碰的一聲在他身後關上。

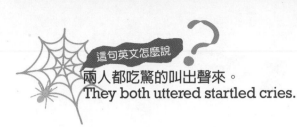

漢娜簡直震驚到了極點，轉頭開始奔跑回家。她覺得頭暈目眩，天旋地轉，藍天顯得異常刺眼、閃亮，她家也顯得歪歪斜斜的樣子。

「阿丹不是那個鬼……」漢娜大聲說道，「我終於知道事實的眞相，阿丹不是那個鬼，我才是！」

這句英文怎麼說

我終於知道事情的真相。
I finally know the truth.

20.

漢娜站在後門前，心裡猶豫了起來。

我現在不能進去，我得想想。

也許我該去散個步或是什麼的……

她閉上眼睛，想要從頭暈目眩的感覺中恢復過來。

當漢娜再度張開眼睛的時候，所有東西看起來似乎更亮了，亮得讓人無法忍受。她小心翼翼的從後陽臺上來，往前院走過去，頭部仍感覺一直在旋轉。

我是鬼！

我再也不是人！

我是鬼……

在漢娜混亂的思緒中，忽然有一陣聲音響起。

有人靠近了。

她趕快躲在一棵大楓樹後面聽著。

「這眞是棟可愛的房子。」

漢娜認出那是奎特太太的聲音。接著另一個女人說道：「我住在底特律的那個表姊上個禮拜來看過。」

漢娜不認得她的聲音，但從樹幹後面望去，漢娜看到一個枯瘦的女人，她穿著黃色的背心裙，跟奎特太太站在車道中央欣賞著漢娜的家。

漢娜怕被看見，又躲到樹後。

奎特太太問她朋友：「妳表姊喜歡這房子嗎？」

她挑剔的說：「太小了。」

奎特太太一邊大聲嘆氣，一邊說：「眞可惜，我實在很不希望街上有棟空房子。」

它才不是空屋呢！我就住在這裡，我們一家都住在這兒，不是嗎？

這句英文怎麼說

真可惜。
What a shame.

漢娜生氣的想著。

另一個女人又問：「這裡空著多久了？」

漢娜聽到奎特太太回答：「自從重建以後就一直空著了，妳曉得在那場恐怖的火災以後……我記得是五年前吧！」

奎特太太的朋友問道：「火災？那是在我搬來之前囉！那時候整棟房子都燒掉了嗎？」

奎特太太說：「差不多，眞的很可怕，貝絲。眞是一場可怕的悲劇，那家人被困在屋裡，一家可愛的人，一個小女孩、兩個小男孩，他們那天晚上都被燒死了。」

我做的那場夢！

漢娜一面想，一面緊抓著樹幹不讓自己摔倒。

那不是夢，那眞的是一場火災，我眞的在那天晚上死掉了……

眼淚自漢娜的臉頰滾下，她覺得雙腿虛軟、發抖，只能靠著粗壯的樹幹繼續聽著。

奎特太太的朋友貝絲問道：「是怎麼發生的？他們知道起火的原因嗎？」

奎特太太說：「知道，小孩們在後面生了個營火，就在車庫後面，他們進屋裡去的時候沒有好好把火熄滅，結果睡著以後屋子就著火了，當時火勢延燒得太快了。」

漢娜看著兩個女人站在車道上，心事重重的看著那棟房屋，一邊還搖著頭。

奎特太太繼續說：「整棟房子後來拆掉重建，不過後來就沒人搬進去了。已經五年了，妳能想像嗎？」

我已經死了五年……

她靜靜的讓眼淚滑落臉頰。

難怪我不認得阿丹的朋友們。

難怪我都沒收到珍妮的信，難怪我的朋友都沒跟我聯絡……

原來我已經死五年了！

現在，漢娜終於了解為什麼有時候時間好像完全靜止，有時又過得很快了。

鬼來來去去，有時候我有實體可以騎腳踏車或踢球，有時候又虛幻得別人的

這句英文怎麼說

他們都不見了！
They were all gone.

手都可以穿過我的身體。

她哀傷的想著。

漢娜看著兩個女人往街上走去，漸漸在她的眼前消失。她緊緊抓住樹幹，一點也不想動。

對漢娜來說，現在所有事情都有解釋了。

那些像夢一般的夏日，那種孤寂，那種總覺得有什麼事不對勁的感覺……

可是爸爸跟媽媽呢？她自問道，並離開緊抓著的樹幹。

那雙胞胎呢？他們知道嗎？他們知道我們都是鬼嗎？

她跑到前門大叫道：「媽！媽！」

接著又衝進屋子裡，穿過前廊到廚房去。

「媽！媽！妳在哪裡？比爾？賀比？」

但屋內一片沉靜，沒有半個人影。

他們都不見了！

21.

「你們跑哪兒去了？」漢娜繼續大聲叫著，「媽！比爾！賀比！」

他們永遠不見了嗎？

我們都是鬼，全部都是！現在他們把我一個人丟在這裡。

她悲慘的想著，一顆心怦怦直跳。

漢娜再回頭看看整間廚房，空蕩蕩的，沒有半樣東西。桌角平常放玉米片的地方也空空的，冰箱上面更沒有好笑的磁鐵。

沒有窗簾，牆上沒有時鐘，廚房也沒有餐桌……

漢娜絕望的叫喊：「你們在哪裡？」

她從角落衝出來，在屋子裡跑來跑去，四處尋找。

這句英文怎麼說

我能打給誰？
Who can I call?

但屋裡就是空空蕩蕩的，什麼也沒有。

沒有衣服、沒有家具，牆上沒有燈也沒有海報，書櫃裡面也沒有書。

什麼也沒有，全部都沒有了。

他們把我丟在這兒——一個鬼，自己一個鬼！

她大聲的說：「我一定要跟誰講講話，誰都可以！」

漢娜著急地四處找電話，後來終於在空蕩蕩的廚房牆上找到一具紅色電話。

我能打給誰？誰——？

沒有人！

我已經死了！

我已經死五年了！

她拿起話筒，放到耳朵邊，什麼聲音也沒有，連電話都切斷了。

漢娜無助的尖叫出聲，電話掉到地上，彷彿有人在她心頭重重捶了一下，眼淚又開始自臉頰滑落，她不禁撲倒在地上。

她獨自一個人啜泣，頭埋在手臂當中，周圍的黑暗逐漸籠罩著她……

當她張開眼睛的時候，四周仍然一片漆黑。

她站了起來，剛開始還搞不清楚自己身在何處，覺得有點心神不寧，抬頭看向廚房的窗戶，外面的天空是藍黑色的。

是晚上。

漢娜了解到：當你是鬼的時候，時間就失去了意義，所以才會覺得夏天有時候好像好短，有時候又好像永遠過不完。

她把手伸向天花板，然後漫無目的的走出廚房。

「有人在家嗎？」

沒人回答。對於這寂靜無聲的情況，她倒是不覺得驚訝。

她的家人都不見了。可是到哪兒去了？

她往屋子前面漆黑空蕩的門廊走去，忽然又有一種預感，一種害怕的感覺。

好像有什麼不好的事即將發生的樣子。

現在嗎？就是今晚嗎？

她站在打開的大門前，從紗窗看出去，阿丹正慢吞吞的騎著腳踏車要回家。

這句英文怎麼說

好像有什麼不好的事即將發生的樣子。
Something bad was going to happen.

「嘿！」

不由自主的，漢娜推開紗窗往外跑，並喊道：「嘿！阿丹！」

他的速度慢了下來，回頭看她。

「阿丹！等一下！」漢娜一邊叫，一邊從後院朝阿丹跑過去。

「不要！拜託！」阿丹臉上充滿恐懼，兩手高舉，一副像要抵擋什麼似的。

「阿丹？」

「走開！拜託妳離我遠一點！」阿丹激動的大聲尖叫，聲音因爲害怕而顯得尖銳，然後抓緊腳踏車把手，快快的騎回家。

漢娜退後一步，感到驚訝又難過。「不要怕我！阿丹，拜託！不要怕我！」她在後面以兩手圍成喇叭狀大喊道。

阿丹身體更靠近車頭，頭也不回的騎得更快了。

漢娜深感挫折的叫了一聲。

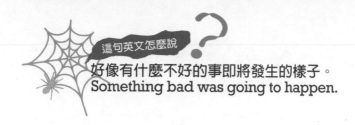

等阿丹在街上消失不見，那種害怕的感覺又出現了。

我知道他要去哪裡，他要去找阿倫和佛瑞，他們又要去契史尼先生家，他們要去復仇！

然後可怕的事情就要發生了！

我一定要去，一定得去……

她匆匆忙忙跑到車庫去騎腳踏車。

漢娜看到契史尼先生已經又把信箱修好了，手雕的天鵝翅膀優雅的伸展，又恢復原本往上的姿勢。

她同樣躲在萬年青後面，看著對面的三個男生，他們在契史尼先生家後院的樹叢那裡，有點猶豫的躲在高高的籬笆後面，從屋子裡看不到他們。

在街燈慘白的光線下，漢娜看得到他們在那裡開玩笑，然後她看到佛瑞把阿丹推到信箱那裡。

漢娜的視線往上移，看看籬笆後面契史尼先生家的小屋——客廳窗戶透出昏暗的橘色光線，整棟房子黑漆漆的，只有門口的燈還亮著。

契史尼先生在家嗎？漢娜看不出來，他那台破爛的老爺車不在車道上面。

這句英文怎麼說

真沒用哪！
What a wimp!

漢娜蜷縮在萬年青的後面，萬年青充滿尖刺的樹枝在輕輕的微風中搖晃。

她看著阿丹努力拔起信箱，阿倫和佛瑞站在他背後催他。阿丹抓住兩隻張開的翅膀用力拉。

佛瑞從背後打他，叫他：「用力點！」

阿倫也笑他：「眞沒用哪！」

漢娜一直緊張的看著那棟房子，那幾個男生眞是吵鬧。

他們憑什麼認爲契史尼先生不在家呢？爲什麼他們不怕契史尼先生眞的帶把槍追著他們跑？

漢娜顫慄著，感覺到額頭的汗水滴落下來。

她看阿丹生氣而用力的拉拔信箱，忽然他猛力一拉，信箱歪到一邊了。

佛瑞和阿倫都高興的歡呼著。阿丹開始搖晃那個信箱，一會兒用肩膀推，一會兒左右搖晃。信箱逐漸鬆開來，每左右推一次，歪斜的角度就越大。

漢娜聽到阿丹使勁的呻吟聲，信箱終於側倒在地上。

阿丹閃到旁邊，臉上帶著勝利的微笑。佛瑞和阿倫又再度歡呼，擊掌慶祝。

佛瑞把信箱撿起來，舉到肩膀上，在籬笆前面來回走來走去，好像在遊街示眾似的。

截至目前，都沒看到契史尼先生的蹤影。

也許他不在家，那麼這些男孩就可以逃過他的魔掌。

可是，爲什麼漢娜還是覺得胸口很沉重，好像有顆大石頭壓著，讓她感到不寒而慄呢？

當她看見一道影子從屋子角落閃過，漢娜緊張的倒抽一口氣。

是契史尼先生嗎？

不是。

漢娜在微光中凝神細看，她覺得心臟就要從胸口跳出來了。

那裡沒人，可是那道影子又是什麼呢？

她確定看見了一道黑影閃過灰色的屋子。

那些男生吵鬧的聲音把她的注意力從房子拉回來。

佛瑞把信箱扔到籬笆裡面去，現在他們往車道前進，正在大聲爭論什麼。阿

這句英文怎麼說

佛瑞把信箱扔到籬笆裡面去。
Fred had tossed the mailbox into the hedge.

倫大笑，佛瑞開玩笑的推了阿倫一把，阿丹也說了什麼，可是漢娜聽不見。

快跑啊！你們已經胡鬧夠了，也報了可笑的仇，現在趁被逮到之前趕快逃跑吧！

漢娜在心裡催促道。

萬年青樹枝在一陣熱風吹來時，輕輕的搖晃一下。漢娜步入黑暗中，眼睛盯著那些男孩看。

只見他們聚在車道上，三個人興奮的討論著什麼。漢娜看見一道火光閃了一下，然後又不見了。

緊接著漢娜意識到那是火柴。

阿倫竟然拿著一大盒廚房用的火柴!?

漢娜緊張的看著房子——一片寧靜，沒有契史尼先生，也沒有影子閃過牆角。

回家去，拜託你們快回家！

她靜靜的催促著男孩們。

緊接著，漢娜沮喪的看著他們回頭跑向碎石子車道。他們跑的時候還把頭低下來，不讓屋子裡面的人看到。

他們在做什麼？

漢娜心裡納悶著，全身肌肉都因爲過度緊張而緊繃。當她從萬年青樹叢後面走出來的時候，忽然覺得背脊竄起一陣寒意。

他們到底想要做什麼？

她迅速穿過馬路，躲到籬笆前面，一顆心怦怦直跳。她聽不見他們說些什麼，可是他們現在一定已經很靠近房子了。

她該尾隨他們嗎？

她慢慢的站起來，踮起腳尖，探看籬笆內的情形。

只見三個男孩彎著腰，快速穿過屋子前面。

阿倫跑在最前面，後面是阿丹和佛瑞；從窗戶內透出來的橘紅色微光，漢娜看到他們堅定的眼神。

他們要去哪兒？又打算做什麼呢？

這句英文怎麼說

他們到底想要做什麼？
What are they going to do?

漢娜看到他們在黑暗中跑到屋子側邊，卻還是沒見著契史尼先生的蹤影。

她跑到車道，然後毫不猶豫、甚至連自己都不自覺就跟著跑了起來。

她看見阿倫將阿丹推進一個打開的窗戶時忽然停住，然後佛瑞往前一站，手伸到窗沿，幫阿倫推阿丹一把。

漢娜眞想哭出來。

不要！拜託！不要進去房子裡面！不要進去！

但是已經太遲了，他們三個都爬進屋子裡去，重重的喘著氣。

漢娜往前爬向窗戶，可是才爬到一半，便覺得有什麼東西抓著她的腿，不讓她往前進。

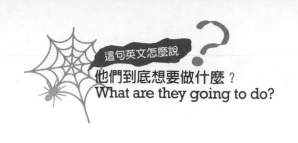

22.

漢娜輕輕的驚叫一聲。

她掙扎著要把腳掙脫出來，很快的發現自己是被一捲水管絆住了。

於是她大聲喘著氣，把腳抬起來跨過水管，然後跑到打開的窗戶下面。

房子的這邊一片漆黑，窗戶又太高，漢娜看不見裡面的情形。

站在窗下，她聽到了男孩們的球鞋踩在木頭地板上的聲響，也聽到了低語聲，以及強忍住的笑聲。

他們在裡面做什麼？

她納悶著，而且全身神經緊繃。

他們難道不曉得已經惹了大麻煩嗎？

這句英文怎麼說

後院再次陷入一片黑暗。
The darkness rolled back over the yard.

突然間，屋子旁邊的強光讓漢娜驚跳起來，大叫一聲後趕緊蹲下，努力看著四周。結果她從高高的籬笆看到車頭燈，車子正往車道開。

是契史尼嗎？

他回家了？剛好回家來抓那三個入侵者嗎？

漢娜想要出聲警告三個男孩，可是聲音卡在喉嚨出不來。

車燈繼續往前移動，後院再次陷入一片黑暗。

直到那部車靜靜開走了，漢娜才明白那不是契史尼。

她努力的站起來，回到窗戶下面的位置。

漢娜決定要讓他們知道自己在那裡，她得將他們弄出來！

於是她把手圈在嘴巴周圍當作擴音器，叫道：「阿丹！出來，快點，現在就給我出來！」

害怕的感覺讓她幾乎無法承受，又對著窗戶大喊：「快出來！拜託快點！」

漢娜聽得到男孩們努力壓低聲音的說話聲，還聽得到球鞋踩在地板上發出的聲響。

她瞪著窗戶看，結果看到光線——剛開始很暗，後來變亮了。

她又對他們大叫：「你們瘋了嗎？快把燈關掉！」

他們怎麼會想到把燈打開？

她繼續用害怕而尖銳的聲音叫道：「把燈關掉！」

可是橘紅色的光線愈來愈亮，最後變成亮黃色了。

當她恐懼的盯著亮光時，漢娜發現那道光線在閃。

那不是燈光，是火光……

火！他們放火！

漢娜將手舉到臉頰旁邊尖叫：「不要！快點出來！快點出來！」

現在她聞到煙味了，看到窗戶玻璃反射出來的火光了！

她又朝男孩們大叫，可是當她發現有道影子往她所在的牆角移過來時，不禁停住了。

她轉頭過來，看見一道比黑夜還黑的影子，紅色眼睛在黑暗的臉上閃耀著。

影子朝她移靠過來，很快的飄過長滿雜草的草皮，越靠近，它的紅眼睛愈亮。

這句英文怎麼說

他們放火！
They had set a fire!

然後影子發出好像枯葉一般乾枯的聲音：「漢娜……閃遠一點！」

「漢娜……閃遠一點！」

漢娜恐懼的號叫著：「不要！不要！」恐怖的感覺籠罩她的全身。

「漢娜……漢娜……」

她顫抖著聲音問道：「你是誰？你要做什麼？」

現在她已經聽到背後火焰的聲音，黃色的火光和黑煙從窗戶飄了出來。

影子怒火般的眼睛更亮了，接著影子升高，越來越靠近，伸出手臂，準備把她抓過去。

23.

漢娜害怕得無法動彈，本能的將手舉到前面，試圖抵抗。

忽然間，她聽到有人在抓著窗戶，頭上傳來隱約的聲音。

而那個影子消失了。

然後漢娜感覺到有人摔到她身上，兩人在地上摔成一團。

她大叫道：「阿倫！」

他掙扎著爬了起來，眼神驚恐，不停哭叫道：「火柴！火柴！我們、我們不是故意的，我們……」

另外一個人也從窗戶爬了出來，眼看著火勢越來越大，佛瑞的手腳重重的摔落地面。

漢娜在橘色的火光中，瞪著他已然嚇呆的臉龐問道：「佛瑞……你還好吧？」

他驚恐的看著她，喃喃的說：「阿丹，阿丹困在裡面出不來。」

「什麼？」漢娜頓時驚跳起來。

阿倫接著大叫：「阿丹被困在火裡面，他會被燒死！」

佛瑞也跟著在熊熊火焰中喊叫：「我們得去找人幫忙。」他抓起阿倫的手臂，兩個男孩搖搖晃晃的穿過後院，跑到隔壁去。

橘黃色火焰在漢娜頭頂上的窗戶熊熊燃燒著，她心想：

我一定要救出阿丹！

深深吸了一口氣，她抬頭望著閃動的火焰，然後往敞開的窗戶走過去。

但就在漢娜前進之前，窗戶的光線忽然不見了，那道影子又出現在她面前。

他十分靠近漢娜的臉，可怕而粗暴的聲音再度響起：「漢娜，閃一邊去，滾開！」

「不要，我要去救阿丹！」漢娜忘記自身的恐懼，大聲尖叫道。

粗暴的聲音回答：「漢娜……妳不可以去救他！」

雙眼燃燒著的黑影籠罩著她，擋住漢娜前往窗戶的去路。

她尖聲叫道：「讓我過去！我要去救他！」

那雙紅眼睛更靠近了，黑暗在她四周顯得更加沉重。

漢娜尖叫：「你是誰？又是什麼東西？你到底想要做什麼？」

黑影沒有回答，燃燒的火紅眼睛注視著她。

阿丹正困在裡面，我一定要到窗戶那裡去。

她大叫：「給我滾開！」

在極度絕望的情況之下，漢娜伸出雙手去抓住那道黑影的肩膀，想把他推開。她吃驚的發現，那道影子是實體的，因此更篤定的把手伸到影子的臉部，用力一拉。

蒙住影子臉部的黑暗霎時不見了——在暗影底下，竟是阿丹的臉！

24.

漢娜既感驚恐又不敢置信的看著，一邊掙扎呼吸著，酸臭的味道非常嗆鼻。

黑暗持續籠罩著她，無法逃離。

阿丹回看著她，雙眼仍像眼前有暗影一樣的火紅。

漢娜大叫：「不！阿丹，這不是你，不是！」她的聲音因緊張恐懼而沙啞。

一個殘酷的笑容出現在影子發亮的臉上，他說：「我是阿丹的鬼！」

「鬼？」

漢娜想要退後，可是那道影子緊緊抓住她。

「我是阿丹的鬼，等他葬身火場，我就不再是影子了，我會重生，阿丹就得到影子世界裡去替代我了！」

這句英文怎麼說

給我滾開！
Move out of my way!

「不要！不要……」漢娜不停尖叫著，並舉起拳頭。「不要！阿丹不會死！我不會讓他死的！」

阿丹的鬼張開嘴，散發出腐臭的氣味，大笑且嗤之以鼻的說道：「漢娜，妳太遲了！」

這句英文怎麼說

你太遲了！

You are too late.

25.

「不會的！」

漢娜的叫聲在黑暗中迴蕩。

當她兇猛的瞪著他時，阿丹的鬼也生氣的看著她。

一秒鐘之後，她已經把手伸向窗沿。

「噢！」但窗沿已經被猛烈的火烤得發燙了。

漢娜使盡全力，努力往火場靠近，然後爬進屋子，迎面而來就是一陣濃臭的煙。她好像沒察覺陣陣濃煙和火牆似的，用力的趴到地上前進。

接著她走進房間，並告訴自己：我是鬼，我是鬼，我不會再死一次的！

她用T恤的袖子揉揉眼睛，想要看清楚一點，然後用盡全力叫道：「阿丹！

阿丹，我看不見你，你在哪裡？」

一隻手遮擋在眼睛前面，漢娜往房間裡面再跨一步，火焰像泉水一般撲湧過來，壁紙跟著捲起，焦黑的角落也有跳動的火焰。

「阿丹！你在哪裡？」

她隱約聽到隔壁房間有聲音，勇猛的衝過火勢猛烈的房門，終於看到阿丹被困在一道熊熊烈火後面。

「阿丹！」

他被死死困在牆角，雙手舉到前面，想要擋住濃煙侵襲。

漢娜忽然感受到自己的恐懼。

我沒辦法穿過這道烈焰。

她往前跨一步，接著又退後。

不可能，我不可能救得了他……

漢娜再次提醒自己：我是鬼，我可以做活人做不到的事！

「救命啊！救命啊！」

這句英文怎麼說

我不可能救得了他。
No way I can save him.

阿丹的聲音在跳動的火焰後面顯得微弱而無力。

漢娜毫不猶豫的深呼吸、憋住氣，跳進火焰。

阿丹看著她，眼神有些虛幻，好像沒看見她似的，只是一味的叫道：「救救我！救命啊！……」

她抓住他的手掌，用力一拉。「快來，我們快跑！」

火勢朝他們延燒過來，彷佛一雙憤怒的手臂想攫住他們。

「快點！」

她又拉了一次，可是阿丹退卻了。「我們過不去的！」

她吼道：「可以的，我們一定要過去！」

高溫灼燒著她的鼻子，熊熊烈焰迫使她閉上眼睛。「我們一定得逃出去！」

漢娜用雙手抓住他的手掌，使勁拉著，黑煙在他們身邊旋繞不已，她邊咳嗽邊閉上眼睛，把阿丹拉到灼熱的火焰當中。

兩人在火焰裡面，然後穿過火焰……

一邊咳嗽，一邊嗆得無法呼吸。在熔爐一般的高溫中汗流浹背。

漢娜拉著他，緊閉雙眼拉著他，全心全力的拉著他！一直到窗戶前面她都沒有張開眼睛。

等到他們摔在陰涼的地上，她才開始呼吸。

手腳著地跪在地上、用力呼吸新鮮空氣的漢娜抬頭一看——那道影子正在房子旁邊、在火焰裡扭動著。當他被火焰吞噬的時候，他的黑色手臂伸向天空，然後無聲的消失了。

漢娜鬆了一口氣，低頭看著阿丹。

他癱在草地上，一臉茫然的表情，沙啞且低聲說道：「漢娜，謝謝妳，漢娜……」

漢娜感受到一抹穿越臉頰的笑容。

所有東西都變亮了，就像火牆一般光亮。

然後又全都變黑了……

這句英文怎麼說

你現在覺得怎麼樣？
How are you feeling?

26.

阿丹的媽媽靠近他，把薄毯子拉到他胸口，輕聲問道：「你現在覺得怎麼樣？」

這已經是兩個小時以後的事了。

消防隊員來了，急救人員也跟著抵達。阿丹經過急救之後，他們告訴焦急的媽媽：阿丹被濃煙嗆傷，還有一點輕微灼傷。

在包紮灼傷的傷口後，他們用救護車載著阿丹和安太太回家。

現在阿丹躺在床上看著媽媽，還覺得虛弱無力，精神有些恍惚。

奎特太太趕過來了解到底發生了什麼事。她緊張的站在角落，兩手緊握在胸前，靜靜的看著。阿丹稍微從床上坐起來，說道：「我……我想，我還好，只

是覺得有點累。」

他媽媽低頭看著他，把額頭上的金髮撥到一邊，讀著他的唇，問道：「你怎麼逃出來的？你是怎麼逃出那棟房子的？」

阿丹告訴她：「是漢娜，漢娜把我拉出來的。」

安太太困惑的皺起眉頭：「誰？誰是漢娜？」

阿丹不太有耐心的答道：「妳知道，就是隔壁那個女生嘛！」

他媽媽說：「隔壁沒有女生，有嗎？茉莉。」她回頭讀奎特太太的唇。

奎特太太搖頭說：「那房子是空的。」

阿丹坐直起來說：「媽，她叫費漢娜，是她救了我。」

奎特太太發出同情的嘖嘖聲靜靜說道：「費漢娜就是那個五年前死掉的女孩，可憐的阿丹恐怕有點精神錯亂了。」

阿丹的媽媽輕輕的把他推回床上，說道：「快躺回去，休息一下你就會好多了。」

阿丹堅持的問道：「可是漢娜到哪兒去了？漢娜是我的朋友呀！」

這句英文怎麼說

休息一下你就會好多了。
Get some rest. You'll be fine.

漢娜從門口看著這一幕，並了解到房裡這三個人根本看不見她。

她救了阿丹，現在整個房間，還有裡面的人都逐漸變得模糊、灰灰的。

漢娜心想：也許這就是我和家人們在死後五年還會回來的原因吧！也許我們是回來救阿丹的，不讓他像我們一樣被燒死。

「漢娜、漢娜……」一個甜蜜而熟悉的聲音遠遠呼喚著她。

漢娜叫道：「媽！是妳嗎？」

費太太低語道：「該回來了，漢娜，妳得走了，是妳該回來的時候了。」

「好的，媽媽。」

她看著阿丹一臉安詳的躺在房間床上，然後他也開始變得模糊、變成一團灰色。漢娜吃力的看著那團灰影，知道這間房子也慢慢變得模糊，她就快看不見了。

她媽媽低語道：「漢娜，回來吧！快回來跟我們在一起。」

漢娜感覺到自己在飄了。當她飄起來的時候，不禁往下看——看這人間最後一眼。

她抬手擦掉眼淚，興奮的說：「媽，我看得到他，我看得到阿丹在他的房間裡，可是光線越來越暗了，好暗喔……」

「漢娜，回來吧！回來跟我們在一起。」她媽媽低語呼喚著她回家。

漢娜大叫：「阿丹——要記得我喔！」

阿丹的臉再度清晰的浮現在一片迷濛當中。

他聽得見她的叫聲嗎？

他聽得見她在呼喚他嗎？

她希望可以！

就連鏡子也著火了。
Even the mirror was on fire.

幸好只是一場夢。
How nice to find out it was only a dream.

我今天心情很好！
I'm in a mood today.

這是有果肉的嗎？
Does it have pulp in it?

我沒看到你。
I didn't see you.

為什麼不會？
Why not?

我無聊得要命。
I'm so bored.

你自己也不喜歡鬼故事。
You don't like ghost stories, either.

真是個勢力眼！
What a snob!

別拿石頭丟我的狗！
Don't throw stones at my dog!

真是個混蛋！
What a jerk!

他想要嚇我嗎？
Is he trying to scare me?

快一點！
Faster!

不可能！
No way.

我沒有推他。

I didn't push him.

只是在那兒晃而已。

Just hanging out.

我應該在學校見過他才對。

I would have seen him at school.

拿回我的球！

Get my ball.

你為什麼要這樣做？

Why did you do that?

我得走了！

I've got to go.

我來監視他。

I'll spy on him.

他在嘲笑我！

He's laughing at me!

也許我今天會收到她的信。

Maybe I'll get a letter from her today.

我動不了了！

I can't move!

她掙扎著大口呼吸。

She struggled to catch her breath.

你撞到頭了嗎？

Did you hit your head?

沒有一個朋友寫信給她。

None of her friends had written to her.

我聽到你在偷笑了。

I can hear you laughing.

把信給我。
Give me the letter.

你是個鬼！
You are a ghost.

謝謝你們把我叫起來。
Thanks for waking me up.

為什麼她不來應門？
Why won't she come to the door?

我才不信有鬼呢！
I don't believe in ghosts!

真不愧是鄉下小鎮！
What a hick town!

是什麼東西撞到我？
What hit me?

喂！你們這些傢伙！
Hey! you guys!

他們被抓到了。
They're caught.

只是在聊天而已。
Just talking.

誰會寫信給他呀！
Who would write to him?

這主意很棒．
It's a cool idea.

我才不是膽小鬼！
I'm not a chicken.

放開他！
Let go of him!

- 真是個噁心的傢伙！
  What a creep.
- 我跟蹤你們。
  I followed you.
- 你是鬼嗎
  Are you a ghost?
- 或許我完全搞錯了。
  Maybe I've totally lost it.
- 離阿丹遠一點！
  Stay away from Danny!
- 我需要報警嗎？
  Should I call the police?
- 為什麼他要搬到我家隔壁？
  Why did he move in next door to me?
- 這個夢根本是胡扯！
  The dream makes no sense.
- 沒什麼。
  Never mind.
- 拉我一把。
  Help me up.
- 兩人都吃驚的叫出聲來。
  They both uttered startled cries.
- 我終於知道事情的真相。
  I finally know the truth.
- 真可惜。
  What a shame.
- 他們都不見了！
  They were all gone.

我能打給誰？
Who can I call?

好像有什麼不好的事即將發生的樣子。
Something bad was going to happen.

真沒用哪！
What a wimp!

佛瑞把信箱扔到籬笆裡面去。
Fred had tossed the mailbox into the hedge.

他們到底想要做什麼？
What are they going to do?

後院再次陷入一片黑暗。
The darkness rolled back over the yard.

他們放火！
They had set a fire!

我們不是故意的！
We didn't mean to.

給我滾開！
Move out of my way!

你太遲了！
You are too late.

我不可能救得了他。
No way I can save him.

你現在覺得怎麼樣？
How are you feeling?

休息一下你就會好多了。
Get some rest. You'll be fine.

雞皮疙瘩系列 20

鄰屋幽靈

原著書名——The Ghost Next Door
原出版社——Scholastic Inc.
作　　者——R.L. 史坦恩（R.L.STINE）
譯　　者——派特
責任編輯——劉枚瑛、何若文
文字編輯——艾思

國家圖書館出版品預行編目 (CIP) 資料

鄰屋幽靈 / R. L. 史坦恩 (R. L. Stine) 著 ; 派特 譯 .
-- 2 版 . -- 臺北市 : 商周出版 : 家庭傳媒城邦分公司發行 ,
民 105.03 160 面 ; 14.8 x 21 公分 . -- (雞皮疙瘩系列 ;20)
譯自 :The Ghost Next Door
ISBN 978-986-272-977-9(平裝)
874.59　105000728

版　　權——翁靜如、吳亭儀
行銷業務——林彥伶、石一志
總 編 輯——何宜珍
總 經 理——彭之琬
發 行 人——何飛鵬
法律顧問——台英國際商務法律事務所 羅明通律師
出　　版——商周出版
臺北市中山區民生東路二段 141 號 9 樓
電話：(02) 2500-7008 傳真：(02) 2500-7759
E-mail：bwp.service @ cite.com.tw
發　　行——英屬蓋曼群島商家庭傳媒股份有限公司城邦分公司
臺北市中山區民生東路二段 141 號 2 樓
讀者服務專線：0800-020-299 24 小時傳真服務：(02)2517-0999
讀者服務信箱 E-mail：cs @ cite.com.tw
劃撥帳號——19833503 戶名：英屬蓋曼群島商家庭傳媒股份有限公司城邦分公司
訂購服務——書虫股份有限公司客服專線：(02)2500-7718；2500-7719
服務時間：週一至週五上午 09:30-12:00；下午 13:30-17:00
24 小時傳真專線：(02)2500-1990；2500-1991
劃撥帳號：19863813 戶名：書虫股份有限公司
E-mail：service@readingclub.com.tw
香港發行所——城邦（香港）出版集團有限公司
香港 灣仔 駱克道 193 號東超商業中心 1 樓
電話：(852) 2508-6231 傳真：(852) 2578-9337
馬新發行所——城邦（馬新）出版集團
Cité(M) Sdn. Bhd. 41, Jalan Radin Anum,
Bandar Baru Sri Petaling, 57000 Kuala Lumpur, Malaysia.
電話：(603)9057-8822 傳真：(603)9057-6622
商周出版部落格——http://bwp25007008.pixnet.net/blog
政院新聞局北市業字第 913 號

美術設計——王秀惠
印　　刷——卡樂彩色製版有限公司
經 銷 商——聯合發行股份有限公司 新北市 231 新店區寶橋路 235 巷 6 弄 6 號 2 樓
電話：(02)2917-8022 傳真：(02)2911-0053

■ 2003 年（民 92）02 月初版
■ 2021 年（民 110）11 月 04 日 2 版 3 刷
■ 定價 / 199 元

ISBN 978-986-272-977-9

Printed in Taiwan
城邦讀書花園
www.cite.com.tw

Goosebumps®

Goosebumps®